KB265859

빛나는 보물

우리 사찰

4학년 1학기 국어

7. 넓은 세상 많은 이야기

〈내 마음을 사로잡은 경주〉

2학년 2학기 바른 생활

3. 아름다운 우리나라

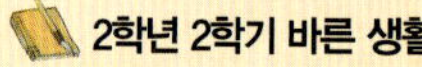

6학년 2학기 사회

3. 새로운 세계에서 우리가 할 일

(1) 세계 속의 대한민국

빛나는 보물 우리 사찰

우리누리 글 · 황보순희 그림

주니어중앙

어린이가 꿈을 키우는 터전

꿈 많은 어린 시절엔 장대한 역사와 위대한 문화유산에 관한
책을 읽는 것이 좋다.
거기에는 어린이가 꿈을 키우는 터전이 있기 때문이다.
감수성 예민한 어린 시절엔 흥미로운 그림을 통하여
재미있게 이야기를 풀어 간 책이 좋다.
그것은 시각적 인식을 통해 어린이의 상상력을 자극하기 때문이다.
『오십 빛깔 우리 것 우리 얘기』는 이런 필요조건을 갖춘
고급 어린이 교양도서라 할 만한 것이다.

유홍준
(전 문화재청장, 현 명지대 교수,
『나의 문화유산 답사기』 저자)

이 책을 추천해 주신 선생님들

● 전래 놀이, 풍속과 관련된 수업에 활용하고 있습니다. 옛 풍속과 관련해서 요즘에는 잘 사용하지 않는 용어들이 있어서 아이들이 어려워하는데, 이 책에는 사진 자료와 함께 쉽고 정확하게 설명이 되어 있어 아이들이 이해하기 쉽게 되어 있습니다.

— 손영수 선생님(가사초등학교)

● 아이들이 우리의 전통문화를 쉽게 접할 수 있도록 도움을 주는 소중한 자료입니다. 우리 학교의 독서 퀴즈 대회에서 매년 사용하는 책이랍니다.

— 성주영 선생님(도당초등학교)

● 우리의 옛 풍습과 문화, 관혼상제 등에 대해 자세히 설명되어 있어 수업을 하기 전에 미리 읽어 오라고 하는 도서입니다.

— 전은경 선생님(용산초등학교)

● 우리의 문화와 역사를 초등학생들이 이해하기 쉽도록 재미있는 옛이야기로 풀어낸 점이 가장 마음에 듭니다. 초등 교과와 연계된 부분이 많아 학교 수업에 많이 활용하는 도서입니다.

— 한유자 선생님(삼일초등학교)

김임숙 선생님(팔달초)	조윤미 선생님(화양초)	이경혜 선생님(군포초)	염효경 선생님(지동초)
오재민 선생님(조원초)	박연희 선생님(우이초)	박혜미 선생님(대평중)	이진희 선생님(수일초)
최정희 선생님(온곡초)	정경순 선생님(시흥초)	박현숙 선생님(중흥초)	김정남 선생님(외동초)
이광란 선생님(고리울초)	김명순 선생님(오목초)	신지연 선생님(개포초)	심선희 선생님(상원초)
문수진 선생님(덕산초)	정지은 선생님(세검정초)	정선정 선생님(백봉초)	김미란 선생님(둔전초)
김미정 선생님(청덕초)	조정신 선생님(서신초)	김경아 선생님(서림초)	김란희 선생님(유덕초)
정상각 선생님(대선초)	서흥희 선생님(수일중)	윤란희 선생님(안산시근로자시민문화센터어린이도서관)	

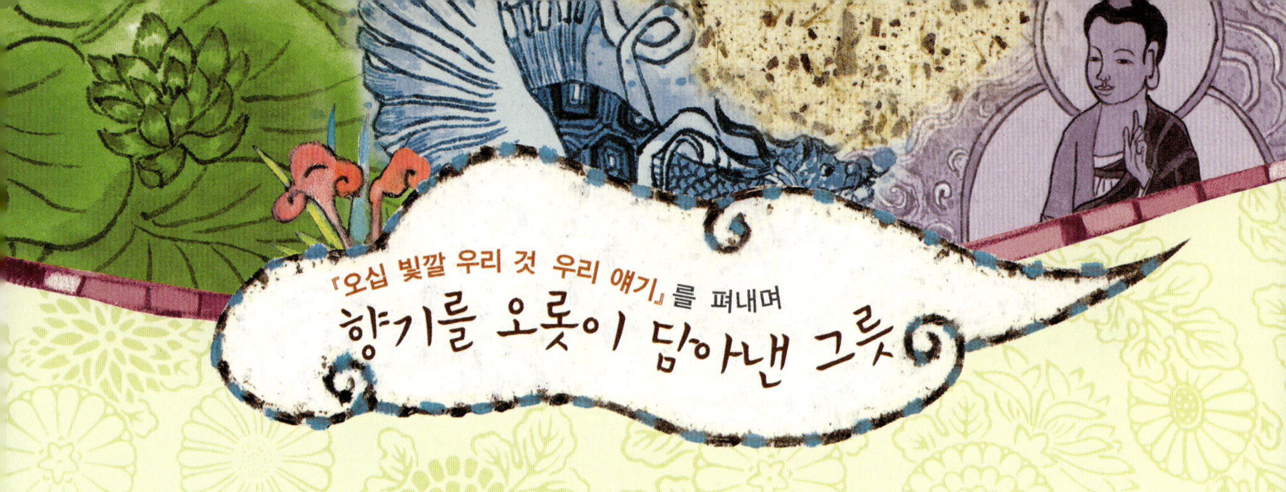

『오십 빛깔 우리 것 우리 얘기』 시리즈가 처음 출간된 지 어느덧 16년이 되었습니다. 그동안 수많은 어린이와 부모님 그리고 선생님들의 사랑을 받으며 전 50권이 완간되었고, 어린이 옛이야기 분야의 고전(古典)이자 스테디셀러로 굳건히 자리매김해 왔습니다.

이 시리즈는 '소중히 지켜야 할 우리 것'에 대한 이야기를 어린이를 위해 '쉽고 재미있게' 풀어쓴 책입니다. 내용으로는 선조들의 생활과 풍습 이야기, 문화재와 발명품 이야기, 인물과 과학기술·예술작품 이야기, 팔도강산과 고유 동식물 이야기 등 우리나라 역사와 전통문화 모든 영역을 총망라하고 있습니다. 그리고 이를 50가지 주제로 엮어 저학년 어린이도 얼마든지 볼 수 있도록 맛깔나는 옛이야기로 담아냈습니다. 장대한 역사와 위대한 문화유산을 배우기에 옛이야기만큼 좋은 형식도 없기 때문입니다.

대한민국 국민으로서 알아야 하고 전해야 할 우리 것, 우리 얘기는 아주 많습니다. 그동안 이 시리즈를 통해 많은 어린이가 우리 것을 알게 되고, 우리 얘기를 사랑하게 되었을 것입니다. 시간이 흘러도 역사와 전통문화의 향기는 변하지 않기 때문입니다.

하지만 저희는 그 향기를 담아내는 그릇이 그간 색이 바래고 빛을 잃었다는 사실에 가슴이 아프고 안타까웠습니다. 그래서 책에서 전하는 우리 것의 향기를 오롯이 담아낼 수 있는 새로운 그릇을 찾고자 하였습니다. 그 그릇을 통해 향기가 더욱 그윽해지고 멀리까지 퍼져서 수백 년, 수천 년 전의 우리 것이 오늘날에도 살아 숨 쉴 수 있도록 생명력을 주고자 하였습니다.

이에 몇 가지 원칙을 가지고『오십 빛깔 우리 것 우리 얘기』시리즈를 새롭게 출간하게 되었습니다.

◎ 원작이 가지는 옛이야기의 맛과 멋을 그대로 살렸습니다.

◎ 요즘 독자들의 감각에 맞추어 디자인과 그림을 50권 전권 전면 개정하였습니다.

◎ 교과 학습의 길잡이가 될 수 있도록 연계 교과를 표시하였습니다.

◎ 학습정보 코너는 유익함과 재미를 함께 줄 수 있도록 4컷 만화, 생생 인터뷰,
　묻고 답하기 등으로 내용을 재구성하였고, 최신 정보와 사진을 수록하였습니다.

◎ 도표, 연표, 역사신문, 체험학습 등으로 권말부록을 풍성하게 꾸며서
　관련 교과 학습을 강화하였습니다.

이 책을 처음 읽었을 8살 꼬마 독자는 지금쯤 나라와 민족에 긍지를 가진 25살 자랑스러운 대한민국 청년이 되었을 것입니다. 그 청년이 부모가 되어서도 자녀에게 다시 권할 수 있는 그런 책이 되기를 바라며, 이 시리즈를 오십 빛깔 그릇에 정성껏 담아 내어놓습니다.

2010년 가을 주니어중앙

역사와 전설이 살아 숨 쉬는 우리 사찰

산으로 난 길을 따라 오르다 보면 푸른 산의 품 안에 오롯이 안겨 있는 아름다운 사찰을 만나게 됩니다. 그래서 사찰을 '산사'라고 부르기도 합니다. '산속의 사찰'이라는 말이지요.

사찰에는 재미난 이야깃거리가 많이 숨어 있습니다. 또한 우리나라의 역사가 담겨 있기도 합니다. 자연을 닮은 우리 옛 건물, 우뚝 솟은 석탑과 사리탑, 깨끗하고 정성스러운 사찰 음식과 녹차에서 아름다운 전통문화를 찾아볼 수도 있습니다.

이 책은 어린이들이 사찰을 더욱 친근하고 재미나게 느낄 수 있었으면 하는 바람을 담고 있습니다. 책 속에는 사찰을 지키는 금개구리 이야기, 죽은 송사리를 살려낸 스님 이야기, 왕비의 병을 고친 스님 이야기, 신비한 동물 연을 타고 날아온 인도 스님 이야기, 일본에 갔다 돌아온 대흥사 불상 이

야기, 수덕 도령과 덕숭 아가씨의 슬픈 사랑 이야기, 학이 되어 스님 앞에 나타난 보살 이야기, 암나무에서 수나무로 바뀐 은행나무 이야기, 버드나무 가지에 꿰인 개구리를 보고 깨달음을 얻은 스님 이야기, 욕심쟁이 스님이 좋은 스님으로 다시 태어난 이야기 등이 담겨 있습니다.

통도사, 송광사, 화엄사, 대흥사, 수덕사, 월정사, 전등사, 범어사……. 역사와 전설을 간직한 옛 사찰을 돌며 사찰이 들려주는 옛이야기에 푹 빠져 보세요. 이 책을 읽고 나면 우리 옛 사찰이 한층 더 가깝고 소중한 곳으로 다가올 거예요.

어린이의 벗 우리누리

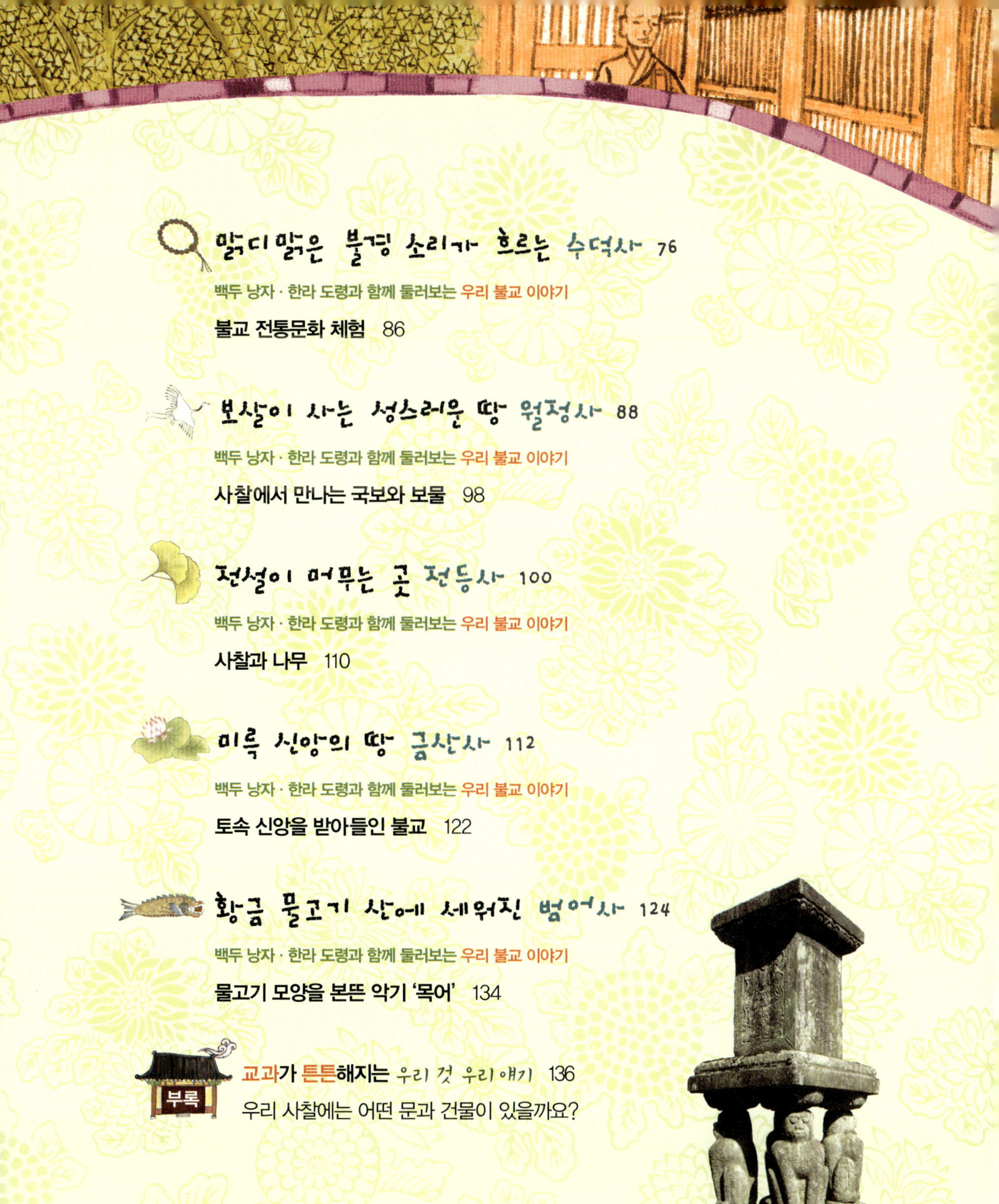

부처님의 사리를 모신
통도사

“여보, 이상한 꿈을 꿨어요.

밤하늘의 별 하나가 떨어지더니 제 품 안으로 들어오지 뭐예요?”

“그거 태몽이 아니오? 하늘의 별이라, 보통 아이가 아니겠구려. 허허.”

부부는 기뻐하며 도란도란 이야기를 나누었어요.

이 부부는 신라의 왕족이었어요. 과연 얼마 뒤, 아내의 배가 불러오더니 열 달 만에 귀여운 아들이 태어났답니다.

아이는 마음이 맑고 무척 똑똑했어요. 어려운 책도 술술 읽을 만큼 공부를 잘했답니다. 그러던 어느 날 아이에게 불행이 찾아왔어요. 부모님이 사고로 갑자기 돌아가신 거예요.

‘사는 것은 무엇이고 죽는 것은 무엇일까? 모두 아무것도 아니로구나.’

아이는 집을 나와 스님이 되었어요. 그리고 깊은 산속으로 들어가 마음을 닦았어요. 이분이 바로 신라의 유명한 승려인 자장 스님이에요.

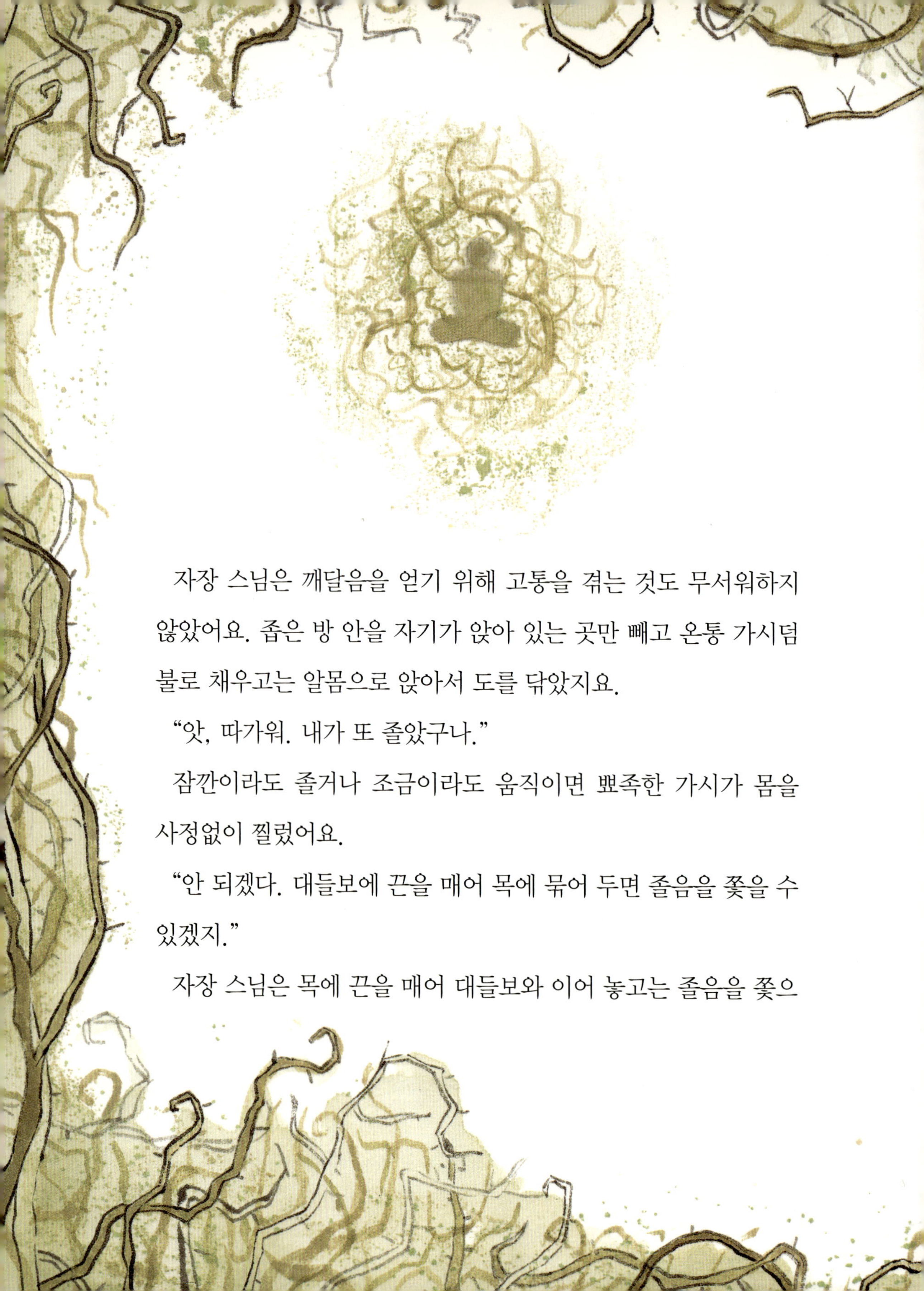

자장 스님은 깨달음을 얻기 위해 고통을 겪는 것도 무서워하지 않았어요. 좁은 방 안을 자기가 앉아 있는 곳만 빼고 온통 가시덤불로 채우고는 알몸으로 앉아서 도를 닦았지요.

"앗, 따가워. 내가 또 졸았구나."

잠깐이라도 졸거나 조금이라도 움직이면 뾰족한 가시가 몸을 사정없이 찔렀어요.

"안 되겠다. 대들보에 끈을 매어 목에 묶어 두면 졸음을 쫓을 수 있겠지."

자장 스님은 목에 끈을 매어 대들보와 이어 놓고는 졸음을 쫓으

며 깨달음을 구했어요. 몸이 아무리 아프고 힘들어도 결코
포기하지 않았답니다.

신라의 왕은 지혜롭고 현명한 자장 스님을 산속에 놔두는 것을
아깝게 여겼어요. 왕은 자장 스님을 몇 번이나 궁궐로 불러들여
재상으로 삼으려고 했어요. 하지만 자장 스님은 늘 고개를 저었
어요. 결국 왕은 자장 스님에게 엄하게 명령했어요.

"재상이 되지 않겠다면 목을 베겠다!"

왕의 말을 전해 들은 자장 스님은 딱 잘라서 말했어요.

"중의 옷을 벗고 백 년 동안 사느니 단 하루라도 중으로 살겠습
니다."

이 말을 전해 들은 왕은 자장 스님의 굳은 마음에 크게 감동해
다시는 자장 스님을 부르지 않았답니다.

그 뒤 자장 스님은 불교를 더 배우기 위해 당나라로 건너갔어
요. 당나라에 도착한 자장 스님은 오대산에 올라 지혜의 보살인
문수보살을 뵙고 부처님의 가사와 뼈, 진신 사리를 얻었어요. 가
사는 스님이 입는 옷이고, 진신 사리는 부처님의 몸을 태울 때 나
온 신비한 뼈인데 구슬처럼 생겼지요.

자장 스님은 신라로 돌아와 영축산의 한 절벽 바위에 움집을 짓고 마음을 닦았어요.

자장 스님은 이곳을 '자장암'이라고 부르기로 했어요.

그러던 어느 날 저녁, 자장 스님은 절벽 바위틈의 옹달샘에서 개구리 두 마리를 보았어요. 개구리들은 옹달샘에 흙탕물을 일으키며 참방참방 놀고 있었어요.

"허허, 어디 놀 데가 없어서 하필 부처님이 계신 절의 샘물을 흐려 놓는 것이냐."

자장 스님은 인자하게 웃으며 두 손으로 개구리들을 건져 가까운 숲 속에 옮겨 놓았어요.

다음 날 아침, 쌀을 씻으러 옹달샘을 찾은 자장 스님은 그곳으로 되돌아와 놀고 있는 개구리 두 마리를 보았어요.

"이놈들 참, 여기서 놀지 말래도."

　　자장 스님은 다시 개구리들을 건져 이번에는 아주 먼 곳에 두고 왔어요.

　　"이젠 못 오겠지."

　　그러나 다음 날 아침 옹달샘에 가 보니 개구리 두 마리가 여전히 놀고 있었어요.

　　"이상한 일이다. 그 먼 데서 여기까지 어떻게 찾아왔을까?"

　　자장 스님은 개구리들을 자세히 살펴보았어요.

　　"허어, 이놈들은 여느 개구리와 다르게 생겼구나. 입과 눈가에는 금줄이 있고 등에는 거북 모양 무늬가 있으니, 아마도 불교와 인연이 있는 개구리인 게지."

자장 스님은 그 뒤로 개구리가 옹달샘에서 살도록 놔두었어요.
그런데 이 개구리들은 이상하게도 겨울잠을 자지 않았어요. 눈이
와도, 얼음이 얼어도 옹달샘을 떠나지 않았답니다.
"아무래도 내가 너희가 살 곳을 마련해 줘야겠다."
자장 스님은 단단한 암벽을 손가락으로 푹 찔러 조그마한 구멍
을 만들었어요. 자장 스님은 그곳에 개구리들을 넣어 주
며 말했어요.

"너희는 죽지 말고 이곳에
살며 자장암을 지켜라. 이제
부터 너희 이름을 '금와'라고
할 것이다."
'금와'는 금개구리라는 뜻의
한자예요. 이때부터 이 개구
리들은 '금와 보살', 개구리들
이 사는 바위는 '금와 석굴'
이라고 불렸답니다.

하루는 나라의 관리가 자장암을 찾아왔어요.

"이 절에 금개구리가 있다는 게 사실이오?"

"그렇지 않습니다. 그저 석굴에 살며 자장암을 지키는 평범한 개구리가 있을 뿐이지요."

관리는 콧방귀를 뀌며 말했어요.

"흥! 한낱 개구리가 자장암을 지키며 산다니, 믿을 수 없군. 내가 그 개구리를 잡아 시험을 해 봐야겠소."

"불교와 인연이 있는 개구리를 잡아서는 아니 됩니다!"

관리는 자장 스님이 말려도 아랑곳없이 개구리를 잡아 함 속에 넣은 다음 뚜껑을 꼭 닫았어요. 그러고는 절을 한참 벗어난 다음 함 뚜껑을 열어 보았어요.

"아, 아니! 이럴 수가……. 개구리가 어떻게 사라진 거지?"

함 속은 텅 비어 있었어요. 관리는 입을 다물지 못했어요.

금개구리는 어느새 자장암의 금와 석굴로 돌아와 있었지요.

이 금개구리는 1400여 년 전부터 자장암을 지켜 왔고, 지금도 여전히 한자리에서 살아간다고 해요. 통도사에 좋은 일이 생길 때면 지금도 금개구리가 나타난다고 전한답니다.

영축산 통도사는 자장 스님이 산 중턱의 커다란 연못에 살던 무서운 독룡 아홉 마리를 몰아내고 세운 절이에요.

자장 스님은 연못이 있던 자리에 금강 계단을 쌓은 다음, 계단 위에 부처님의 사리가 담긴 탑을 세우고 그 안에 진신 사리를 공손히 모셨어요. '금강'은 금강석이라고도 불리는 다이아몬드를 뜻해요. 다이아몬드처럼 단단한 깨달음이 담겨 있어서, 이 진신 사리를 모신 계단을 금강 계단이라고 하지요.

진신 사리를 모신 금강 계단은 곧 부처님과도 같아요. 금강 계단 앞쪽에는 대웅전이 있는데, 이곳에는 불상이 없어요. 대웅전은 본래 부처님의 방이라서 안에 불상을 모셔 놓지요. 하지만 통도사에서는 대웅전 뒤쪽의 금강 계단에 불상보다 귀하고 신성한 부처님의 사리를 이미 모시고 있어요. 그래서 불상을 따로 만들 필요가 없지요. 사람들은 대웅전에 들어가 사리탑이 있는 곳을 향해 절을 올린답니다.

그런데 통도사에서는 가끔 신비한 일이 벌어진다고 해요.

어느 날 새벽, 한 스님이 너무 피곤해서 예배 시간이 되었
는데도 일어나지 못하고 잠을 자고 있었답니다. 이때 어디선
가 맑은 목탁 소리가 들려왔어요.

"딱, 딱, 딱, 딱······."

그뿐이 아니었어요. 이번에는 종소리까지 울렸지요.

"데엥, 데엥, 데엥······."

스님이 깜짝 놀라 잠에서 깨어나자 목탁 소리와 종소리도 사라
졌어요.

그 뒤로 통도사에서는 아침 예배 시간에 일어나지
못하는 스님이 있을 때면, 종종 맑은 목탁 소리와 종
소리가 들려온다고 합니다.

인도에서 온 불교

불교는 인도에서 처음 생긴 종교예요. 왕자였던 석가모니는 힘든 고행 끝에 깨달음을 얻고 '깨달은 자'인 '부처'가 되었어요. 부처님의 깨달음에서 불교가 시작되었지요. 부처님은 그 뒤 45년 동안 제자들에게 불교의 이치를 가르쳤어요.

부처님이 돌아가신 후 부처님의 몸은 불에 태워졌고, 부처님의 몸에서 나온 진신 사리는 인도의 여덟 나라에서 공평하게 나누어 가졌어요. 여덟 나라에서는 각각 커다란 탑을 세우고 그 안에 사리를 넣어 소중하게 모셨답니다. 탑은 부처님의 무덤과 같은 것이었어요. 사람들은 탑을 부처님과 똑같이 생각해서 탑에 대고 절을 하고 기도를 했어요.

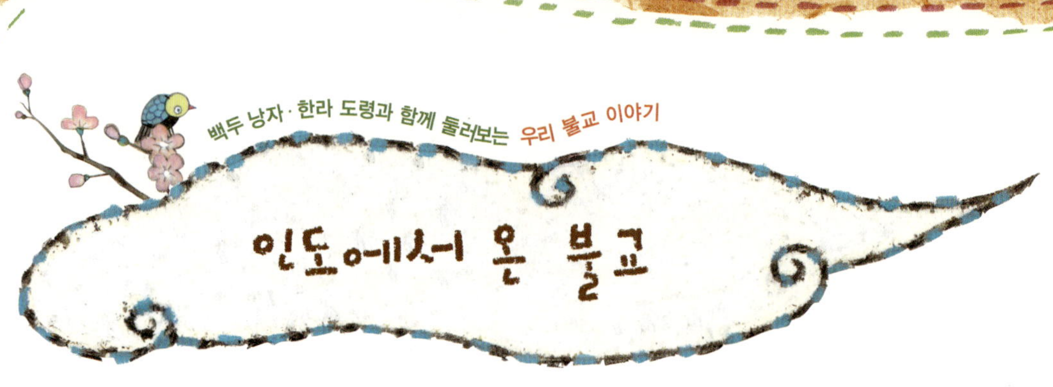

그 뒤 인도를 통일한 아소카 왕은 여덟 개의 탑에서 진신 사리를 꺼낸 뒤 8만 4천여 개로 나누었어요. 그런 다음 인도 곳곳에 사리를 넣은 탑을 세웠지요. 불교를 열심히 믿었던 아소카 왕 덕분에 불교는 인도 곳곳에 뿌리를 내릴 수 있었고, 다른 나라에까지 널리 전해졌어요.

불교는 동남아 지역과 중국, 한국, 일본으로 전해졌어요. 우리나라에는 삼국 시대에 중국을 거쳐 전해졌지요. 고구려, 백제, 신라의 차례로 들어왔어요.

불교에서는 스님이 세상을 떠나면 몸을 땅에 묻지 않고 불에 태워요. 이때 훌륭한 스님의 몸에서는 구슬처럼 둥그런 사리가 나오지요. 이 사리를 넣어 두는 곳을 사리탑이라고 해요. 사리탑은 말 그대로 '사리가 들어 있는 탑'이에요. '부도'라고도 해요.

역사가 길고 훌륭한 스님이 많이 나온 절일수록 부도가 많이 세워져 있어요. 이렇게 부도가 모여 있는 곳을 '부도밭'이라고 하지요.

큰스님 열여섯 명이 나온
송광사

"어머나, 탐스럽고 예쁜 복숭아가 물 위에 떠 있네?"

어느 날, 마을의 아리따운 처녀가 숲 속의 옹달샘에 물을 뜨러 왔다가 샘 위에 둥둥 떠 있는 커다란 복숭아를 보았어요. 처녀는 얼른 복숭아를 건져 맛있게 먹었지요.

그런데 그 뒤로 처녀의 배가 점점 불러오는 게 아니겠어요? 처녀는 열 달 뒤에 아들을 낳았답니다.

"엄마, 아파요."

아이는 태어날 때부터 몸이 약해 자주 앓아누웠어요. 좋다는 약은 모두 써 보았지만 도무지 낫지를 않았지요. 아이의 어머니는 부처님께 간절히 빌었어요.

"부처님, 아이가 병을 떨치고 건강히 일어나기만 한다면 아이를 절로 보내겠습니다."

그러자 신기하게도 아이는 그길로 건강해졌어요. 아이는 곧 머리를 깎고 절로 가서 스님이 되었답니다. 이 스님이 바로 고려의 승려 지눌이에요.

그 즈음, 고려의 불교는 무척 어지러웠어요.

"깨달음을 얻으려면 무엇보다도 명상이 최고입니다."

"무슨 소리! 불경을 읽어서 깨달음을 구하는 것이 진짜이지요."

스님들은 둘로 나뉘어 이게 옳네, 저게 옳네 하며 다투었어요. 또 많은 스님들이 깨달음을 얻는 데에는 관심 없고, 정치에 끼어들어 나라를 어지럽혔어요.

"불교는 마음을 닦아 깨달음을 얻는 종교인데 네가 맞다, 내가 맞다 편 갈라서 싸우고만 있으니……. 어떻게 하면 모두의 마음을 하나로 합칠 수 있을까?"

지눌 스님은 불교를 다시 바로 세우기 위해 작은 방에 틀어박혀 끊임없이 불경을 읽었어요. 그러기를 3년, 어느 날 지눌 스님은 벌떡 일어나 머리에 불경을 인 채 방 안을 빙빙 돌기 시작했어요. 스님의 입가에는 기쁨의 미소가 맺혀 있었어요. 드디어 깨달음을 얻은 거예요!

"명상을 하는 것은 부처님의 마음을 배우는 것이고, 불경을 공부하는 것은 부처님의 말씀을 배우는 것이다. 부처님의 마음과 말씀은 따로 떼어 생각할 수 없으니, 둘은 본래 하나이다.”

지눌 스님은 자신이 깨달은 것을 많은 사람들에게 알리기 위해 절을 짓기로 마음먹었어요. 스님은 절을 지을 자리를 찾아 송광산으로 갔어요. 송광산은 지금의 조계산이에요.

지눌 스님은 높은 산봉우리에 올라 산을 휘 둘러보았어요.

“오, 저기가 좋겠다. 절을 지을 만한 훌륭한 터로구나.”

지눌 스님은 그곳으로 발걸음을 옮겼어요. 터 주위에는 신라 시대에 세워진 ‘길상사’라는 작은 절이 있었는데, 버려진 지 오래되어 다 허물어져 있었어요.

그런데 문제가 생겼어요. 가까이에 무서운 산적 떼가 살고 있지 뭐예요!

지눌 스님이 다가오자 산적들이 눈을 부라리며 말했어요.

“이놈, 스님으로 꾸미고 와서 우리를 훔쳐보려는 게냐?”

“어서 저 가짜 중을 묶자!”

지눌 스님은 산적들이 하는 대로 가만히 놔

두었어요. 산적들은 지눌 스님을 개울가의 큰 나무에 밧줄로 꽁꽁 묶어 버렸어요. 그러고는 송사리 찌개를 끓여 맛있게 점심을 먹기 시작했어요.

"이봐, 먹고 싶으면 먹으라고."

한 산적이 지눌 스님 앞에 찌개와 밥을 놓아 주었어요. 산적들은 저희들끼리 수군거렸어요.

"진짜 스님이면 송사리 찌개를 먹을 리 없어."

"저걸 먹는다면 가짜 중이 틀림없다고."

지눌 스님은 아무 말도 못 들은 척, 송사리 찌개와 밥을 모두 먹어 치웠어요. 그 모습을 흘끗흘끗 훔쳐보던 도적들은 벌떡 일어나 허리에 차고 있던 칼을 빼들었어요.

"이 가짜 중놈! 한칼에 없애 버릴 테다."

그러자 지눌 스님은 태연히 고개를 돌리더니 옆 개울물에 송사리 고기를 모두 토해냈어요. 스님의 입에서 나온 물고기들은 물속에서 살아나 쏜살같이 헤엄쳐 사라졌지요.

"어라, 내 눈이 잘못된 건가? 죽은 송사리가 마치 살아난 것처럼 보이는데."

“나도야. 분명히 송사리가 살아나 도망쳤어.”

“저 스님이 살리신 거야. 진짜 훌륭한 스님이신가 봐.”

산적들은 지눌 스님을 풀어 주고는 그 앞에 넙죽 엎드렸어요.

“저희가 잘못했습니다. 한 번만 용서해 주십시오.”

“나는 이곳에 절을 짓기 위해 왔네. 이곳에서 부처님의 가르침을 널리 알리려고 한다네.”

지눌 스님의 말에 산적들이 입을 모아 말했어요.

“저희가 돕겠습니다. 맡겨만 주십시오.”

산적들은 지눌 스님을 도와 열심히 절을 지었어요. 그리고 절을 다 지은 뒤에는 지눌 스님의 제자가 되었어요.

지눌 스님은 둘로 나뉜 불교를 하나로 합치고 마음을 닦기 위해 노력했어요.

"불교의 기본은 '마음을 닦는 일'입니다. 마음이 곧 부처이니, 부처는 바깥에 있는 게 아니라 마음에 있습니다."

"마음은 어떻게 닦아야 합니까?"

"마음 닦는 길은 여러 가지입니다. 자기 능력과 소질에 맞는 길을 가면 되지요. 불경을 읽어 깨달음을 얻는 공부, 명상을 통해 깨달음을 얻는 공부 등 어떤 것도 좋습니다."

꾸준한 노력 끝에 지눌 스님은 마침내 고려 불교를 새롭게 바꾸는 데 성공했어요.

지눌 스님은 세상을 떠나는 마지막 날까지 제자들과 이야기를

나누다가 반듯이 앉은 채 눈을 감았어요.

지눌 스님의 몸은 7일 동안이나 살아 있을 때와 똑같았고, 수염과 머리카락까지 조금씩 자랐다고 해요.

송광사에는 높이가 15미터나 되는 깃대처럼 생긴 죽은 나무가 있어요. 이 나무는 지눌 스님이 꽂아 두었던 향나무 지팡이가 자란 것인데, 지눌 스님이 죽던 날 이 나무도 시들해지더니 결국 죽고 말았다고 해요. 언젠가 지눌 스님이 송광사를 다시 찾을 때 되살아날 것이라는 전설이 전해 오고 있어요.

송광사에는 깨달음과 관계된 또 다른 이야기가 전해져 와요.

옛날, 한 장수가 송광사의 노스님을 찾아왔어요. 장수는 노스님에게 머리를 조아리며 부탁했어요.

"지혜로우신 스님, 제발 제게 세상을 얻을 수 있는 방법을 가르쳐 주십시오."

장수는 간절히 부탁했지만, 노스님은 시큰둥하기만 했어요.

"제발 세상을 얻을 방법을 알려 주십시오. 부탁드립니다."

장수가 하도 간절히 부탁하자 노스님은 무뚝뚝하게 말했어요.

"흐음, 물이 가득 담긴 병과 그릇을 하나 가져오게."

'스님이 내게 무슨 말씀을 해 주시려나 보다.'

장수는 이렇게 생각하고, 얼른 물이 담긴 병과 그릇을 가져왔어
요. 노스님은 물이 담긴 병을 받아 들며 말했어요.

"이 물병은 내가 들 터이니 자네는 그릇을 들게."

그러고 나서 노스님은 그릇에 물을 붓기 시작했어요.

"스님, 그릇에 물이 넘칠 것 같습니다."

장수가 말하자 스님이 말했어요.

"알고 있다네."

"스님, 그릇에 물이 넘칩니다!"

장수가 놀라서 외치자 스님은 가볍게 고개를 끄덕였어요.

"알고 있네."

장수는 스님의 생각을 도무지 알 수 없었어요. 그러다 병 속의
물이 다 떨어졌어요.

"스님, 이제 병 속의 물이 다 떨어졌습니다."

장수가 말하자 스님은 미련 없이 돌아서며 말했어요.

"그럼 잘 가시게."

장수는 그 자리에 서서 잠시 어리둥절했지만 곧 커다란 깨달음
을 얻었어요.

'아아, 내가 참으로 어리석구나. 물 한 병도 담을 수 없는 그릇

으로 어찌 세상을 얻을 수 있단 말인가! 내 마음의 그릇이 참으로 작을진대…….'

처음에는 길상사라고 불렸던 이 절은 지금은 송광사로 이름이 바뀌었어요. 송광사는 조계산의 옛 이름인 송광산에서 따온 이름 이에요.

옛날부터 송광사에는 이 절에서 부처님의 가르침을 널리 펼 큰 스님이 열여덟 분이나 나오실 거라는 전설이 전해 내려오고 있답 니다.

실제로 송광사에서는 보조국사 지눌을 비롯해 '국사'가 열여섯 명이나 잇달아 나왔어요. 국사 는 고려 말에서 조선 초 사이에 나라에서 덕을 높이 쌓은 스님에게 주던 최고의 지 위예요. 송광사에서는 오늘도 수많은 스님 들이 공부를 하며 마음을 닦고 있답니다.

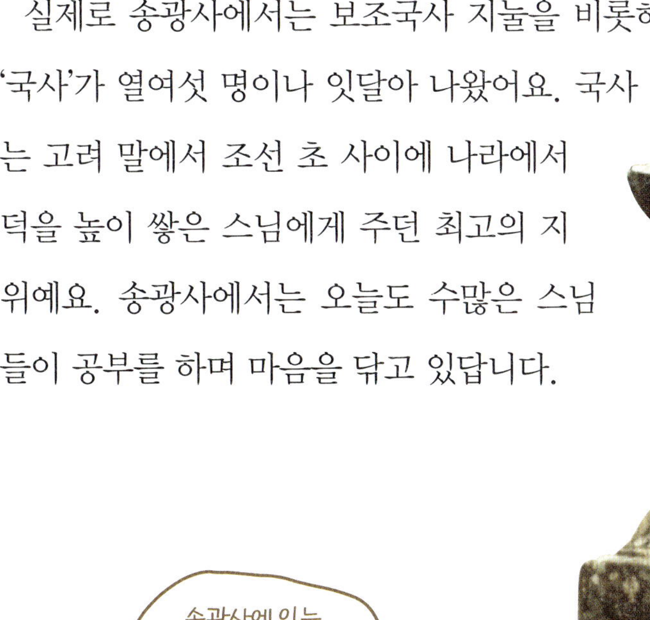

나라를 지킨 스님들

삼국 시대에 불교가 전해진 뒤로, 우리나라에는 스님들로 이루어진 승병이 나타났어요. 불교에서는 본래 살아 있는 것을 죽이지 않아요. 하지만 나라가 위험에 처하면 스님들은 전쟁터에 나아가 용감히 싸웠지요.

통일 신라 시대 이후로는 불교가 나라를 지키는 호국 신앙과 합쳐지며 더욱더 발전했답니다. 고려 시대에는 외적이 자주 쳐들어왔어요. 그래서 승병의 활동이 더욱 많아졌지요. 고려의 장수 윤관이 여진족을 몰아내려고 만든 별무반에도 말을 타고 싸우는 기병, 걸어서 싸우는 보병, 활을 쏘아 싸우는 궁병 등

과 함께 스님으로 이루어진 승병 부대가 있었어요.

　조선 시대에 임진왜란이 일어나자 스님들은 이번에도 앞장서서 싸웠어요. 이때 선조 임금은 북쪽으로 피난을 떠나야 했지요. 당시 73세였던 휴정 스님은 젊은 스님들을 모아, 명나라 군대와 힘을 합쳐 한양에서 왜적을 몰아냈답니다.

　사명대사 유정 스님은 휴정 스님의 제자예요. 휴정 스님과 함께 왜적을 한양에서 몰아낸 뒤에도 전쟁터에서 많은 공을 세웠어요. 임진왜란과 정유재란이 끝난 뒤에는 선조 임금의 명을 받아 일본에 건너가 강화를 맺었어요. 강화란 전쟁을 멈추고 평화로운 상태로 돌아가자고 약속하는 거예요. 유정 스님은 이때 일본에 붙잡혀 있던 조선 사람 3천5백여 명을 데리고 돌아오는 큰 공을 세웠어요.

　이처럼 나라에 위기가 닥칠 때마다 스님들은 목탁 대신 창을 들고 전쟁터로 달려 나가 나라를 구하려고 싸웠답니다.

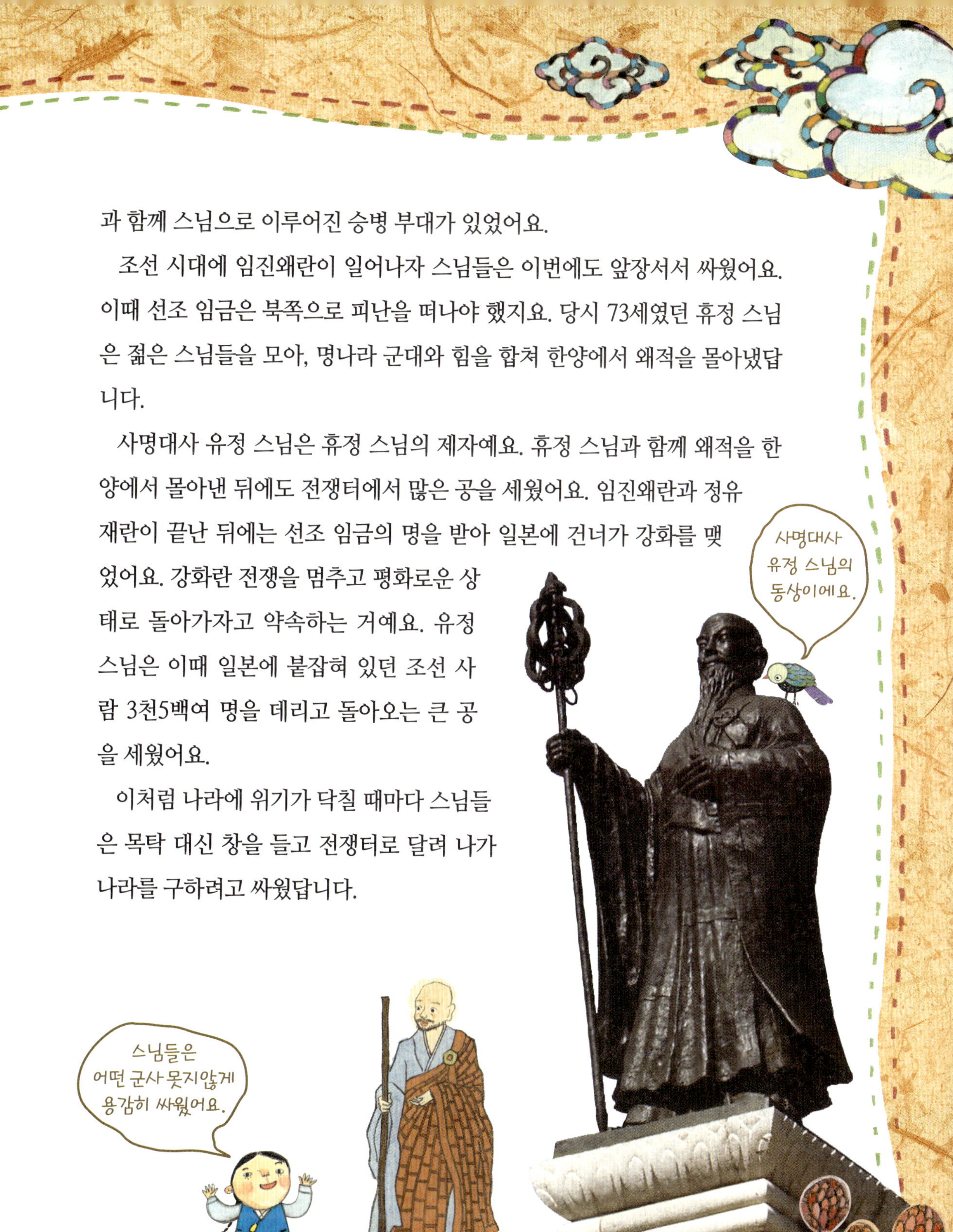

고려 사람들의
마음이 살아 숨 쉬는
해인사

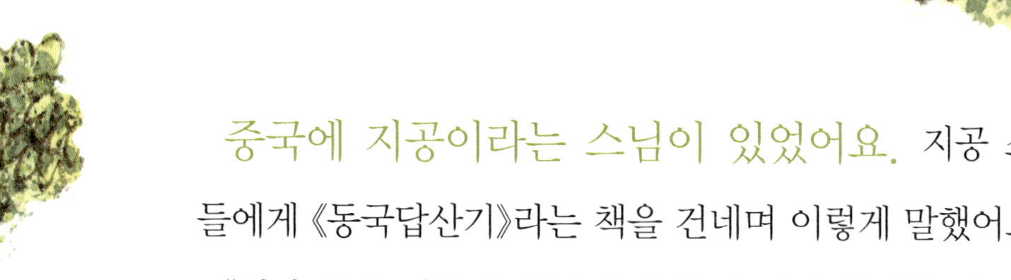

중국에 지공이라는 스님이 있었어요. 지공 스님은 제자들에게 《동국답산기》라는 책을 건네며 이렇게 말했어요.

"내가 죽은 다음에 신라에서 두 스님이 찾아올 터이니 이 책을 전해라."

지공 스님의 말대로 얼마 뒤 신라에서 두 스님이 찾아왔어요.

"저희는 신라에서 왔습니다. 순응이라고 합니다."

"전 이정이라고 합니다. 부처님의 가르침을 구해 여기저기 돌아다니고 있습니다."

지공의 제자들은 두 스님을 반갑게 맞이했어요.

"그렇잖아도 스승님께서 신라에서 두 스님이 오실 터이니 이 책을 꼭 전하라고 하셨지요."

제자들이 두 스님에게 《동국답산기》를 전해 주자, 두 스님은 깜짝 놀랐어요.

"아니, 우리가 올 줄 미리 아셨단 말씀입니까?"

"게다가 이렇게 귀한 책을 주시다니요."

두 스님은 크게 감격해 지공의 사리탑을 찾아가 밤낮으로 쉬지 않고 기도했어요.

“저희에게 부처님의 가르침을 내려 주십시오.”

그로부터 일주일 뒤, 사리탑이 열리며 지공이 나타났어요.

“그대들의 마음이 바르고 정성스러우니, 내가 불교의 깊은 뜻을 전하리라.”

“감사합니다!”

“그대들은 신라로 돌아가 가야산으로 가라. 가야산 서쪽에 부처님의 가르침이 크게 일어날 곳이 있다. 그곳에 큰 절을 세워 부처님을 모시도록 하라.”

말을 마친 지공은 사리탑 안으로 사라졌어요. 두 스님은 정성껏 기도를 마친 뒤 신라로 돌아와 가야산에 올랐어요.

두 스님은 마침 산을 내려오던 사냥꾼들에게 물었어요.

“자네들은 이 산을 두루 돌아다녔으니 누구보다 이 산에 대해 잘 알겠지. 이 산에 절을 지을 만한 곳이 있는가?”

사냥꾼들은 공손히 대답했어요.

“여기서 조금만 더 가면 물이 고인 곳이 있습니다.”

두 스님은 서둘러 물 고인 곳으로 가 보았어요.

“저기 좀 보십시오. 산의 모습이 무척 빼어납니다.”

“아래로는 맑은 물이 흐르니 정말 좋은 자리로군요!”

두 스님은 기뻐하며 가야산 자락에 자리를 마련한 뒤 가부좌를 틀고 앉아 마음을 닦았어요. 그러자 놀라운 일이 벌어졌어요. 스님의 이마에서 한 줄기 빛이 뻗어 나와 하늘을 붉게 물들인 거예요.

마침 큰스님을 찾아다니던 신라 애장왕의 신하들이 붉게 물든 하늘을 보게 되었어요.

"하늘의 기운을 보니 큰스님이 가야산에 계신가 보오."

신하들은 숲을 헤치고 허겁지겁 달려갔어요. 하지만 곧 깊은 개울이 앞을 가로막아 더 이상 나아갈 수가 없었어요. 신하들은 발을 동동 구르며 안타까워했어요. 그때 한 신하가 바위 위를 사뿐사뿐 걸어가는 여우 한 마리를 보았어요.

"우리, 저 여우를 따라가 보는 게 어떻겠소?"

신하들이 홀린 듯 여우를 따라가자 거짓말처럼 두 스님이 계신 곳이 나타났어요. 스님의 이마에서는 여전히 신비한 빛이 뻗어 나오고 있었어요.

신하들은 두 스님께 절하고는 입을 열었어요.

"저희는 애장왕의 신하이옵니다. 왕께서 큰스님을 모시고자 하니 저희를 따라 왕궁으로 가시지요."

"우리는 이곳을 떠나지 않을 것이네."

"사실은 애장왕의 왕비께서 큰 병이 들어 아무리 좋은 약을 써도 낫지를 않습니다. 그래서 전국을 돌며 신비한 힘을 가진 큰스님을 찾고 있었습니다. 부디 함께 가시어 왕비님의 병을 고쳐 주십시오."

신하들에게 사연을 들은 두 스님은 다섯 가지 색으로 곱게 꼰 실을 신하들에게 건네주었어요.

"이 오색실을 받게."

"이 실을 어찌해야 합니까?"

"실의 한 끝은 왕궁 뜰의 배나무 가지에 묶고, 또 한 끝은 왕비님이 계신 병실의 문고리에 묶어 두게."

신하들은 오색실을 가슴에 소중하게 품고 왕궁으로 돌아왔어요. 그러고는 애장왕에게 두 스님을 만난 이야기를 아뢴 뒤 두 스님의 말대로 오색실의 한 끝은 뜰의 배나무 가지에, 다른 한 끝은 왕비님의 병실 문고리에 단단히 묶어 두었어요.

다음 날, 왕궁은 기쁨으로 들썩였어요. 뜰의 배나무 가지가 말라 죽으며 왕비님의 병이 씻은 듯 나은 거예요!

왕은 몹시 기뻐하며 가야산으로 가서 두 스님에게 큰 절을 지어 주었답니다. 이렇게 해서 1200여 년 전, 바다와 맞닿은 가야산 자락에 해인사가 세워졌다고 해요.

해인사에는 고려 시대 때 만들어진 팔만대장경을 보관하는 장경판전이 있어요. 팔만대장경은 지금으로부터 800여 년 전, 몽고가 쳐들어왔을 때 고려 사람들이 16년에 걸쳐 8만여 장의 나무 판에 새긴 경전이에요. 부처님의 힘으로 적을 물리치고자 하는 바람이 담겨 있지요.

장경판전은 팔만대장경을 보관하기 위해 조선 시대에 지어진 건물이에요. 팔만대장경과 더불어 세계 문화유산으로 등재되어 있지요. 장경판전은 과학적으로 아주 튼튼하게 지어져서, 600여 년이라는 세월이 지났어도 기둥 하나 흔들리는 법 없이 팔만대장경을 굳건히 지켜 오고 있답니다.

장경판전을 살펴보면, 땅에서 올라오는 습기를 막을 수 있도록 대장경판의 진열대를 땅에서 30센티미터 높게 지었어요. 또한 햇빛이 바로 들어오지 않도록 남쪽의 진열대는 벽에서 3미터 정도 떼어 놓았지요.

장경판전 안에는 여름철에 12시간, 봄과 가을에는 9시간, 겨울에는 7시간 동안 햇빛이 들어와요. 또, 장경각의 각 면에는 크고 작은 창이 나 있어서 바람이 잘 통해요. 이 때문에 장경판전 안은 언제나 알맞은 온도를 유지하고 있어요.

장경판전 터의 흙도 경판을 보호하는 데 큰 역할을 하지요. 숯과 소금, 횟가루, 찰흙 등을 섞어 단단히 다져 놓은 땅이 비가 많이 오는 장마철에는 습기를 빨아들이고, 비가 적은 봄과 가을에는 습기를 내보내 자연스레 습도를 조절해 주어요. 이런 과학적인 건물 덕에 고려 시대에 만들어진 나무 대장경판이 갈라지지 않은 채 오늘날까지 잘 보존될 수 있었답니다.

해인사의 장경판전과 팔만대장경은 한국 전쟁 때 큰 위기를 맞았어요. 미군이 우리 공군에게 가야산과 해인사 근처에 적들이 있으니 해인사에 폭탄을 떨어뜨리라는 명령을 내렸거든요. 하지만 당시 공군 편대장이었던 김영환 대령은 명령에 따르지 않고, 부하들에게 기관총만을 쏘도록 했어요. 그날 저녁, 미군은 김영환 대령에게 화를 냈어요.

"공산당이 있는데 왜 폭탄을 떨어뜨리지 않았소? 절 하나가 나라보다 귀하다는 것이오?"

그러자 김영환 대령은 당당히 대답했어요.

"아닙니다. 어찌 절이

나라보다 중요하겠습니까. 그러나 단순히 먹을 것을 구하려는 적을 없애기 위해 해인사에 폭탄을 떨어뜨릴 수는 없었습니다. 만약 내가 명령에 따라 해인사에 폭탄을 떨어뜨렸다면 750년이 넘게 보존되어 온 우리 민족의 귀중한 유산인 팔만대장경은 덧없이 사라졌을 것입니다. 나는 반만 년의 역사를 지닌 대한민국의 공군 장교로서, 우리의 소중한 문화유산을 잿더미로 만들 수는 없었습니다."

이렇게 지켜진 해인사와 팔만대장경은 오늘날 우리 문화의 우수성을 세계에 알리는 소중한 문화유산으로 우리나라를 빛내고 있답니다.

한국의 맛, 사찰 음식

먼 옛날, 불교가 처음 생겼을 때에는 모든 스님이 탁발을 해 하루 한 끼만 먹으며 지냈어요. 커다란 음식 그릇인 바리때(발우)에 음식을 얻어먹는 일을 탁발이라고 하지요. 스님들은 탁발을 함으로써 나를 높이고 남을 낮추는 마음과 고집을 없앤다고 해요. 사람들은 스님에게 먹을 것을 드림으로써 착한 일을 해 덕을 쌓지요. 스리랑카, 미얀마, 타이, 베트남 등 동남아시아 지역에서는 아직도 스님들이 탁발을 해요. 우리나라, 중국, 일본, 티베트 등의 동북아시아 지역에서는 탁발 대신 사찰에서 먹는 담백한 사찰 음식이 다양하게 발달했지요.

우리나라의 사찰에서는 특히 김치, 장아찌, 된장, 고추장, 간장 등 오랫동안 저장해 두고 먹는 음식과 떡, 유밀과 등이 크게 발달했어요. 유밀과는 쌀가루나 밀가루 반죽을 밀어서 여러 가지 모양으로 빚은 것을 기름에 지져 꿀 등에 잰 전통 과자예요.

사찰 음식은 우리나라의 음식 문화에 많은 영향을 끼쳤답니다.

신라 시대에는 찰밥과 유밀과를 만들어 냈어요. 고려 시대에는 상추쌈, 약밥, 유밀과가

발달해 중국 등 다른 나라에까지 퍼졌지요. 조선 시대 이후로는 각 지역의 사찰마다 고유한 음식 문화를 가지게 되었답니다. 해인사의 상추불뚝김치, 가지 지짐, 고수 무침, 산동백잎 부각, 머위탕, 송이밥, 솔잎차는 아주 유명해요. 송광사의 참깨 국수, 유점사의 잣죽, 대흥사의 동치미도 유명하지요.

　사찰 음식에는 인공 조미료 대신 버섯 가루, 다시마 가루, 계핏가루, 들깻가루, 날콩가루, 참죽순 말린 것 등 자연에서 나는 천연 조미료를 써요. 덕분에 사찰 음식은 간단하고 소박한 재료로 자연의 맛을 내는 건강식으로 오늘날까지 큰 사랑을 받고 있답니다.

천 년 세월을 이어 온
화엄사

지리산 아래, 백제의 한 마을에 박 노인이 살았어요.
박 노인은 지리산을 바라보며 연방 고개를 저었어요.
"이상해, 이상해."
"뭐가 그리 이상하십니까?"
"저기 지리산 중턱의 산골짜기를 좀 보게. 연기 같은 게 피어오르지 않나?"
"정말 그렇군요. 저게 뭘까요?"
"나도 모르니 자꾸 이상하다는 말이 나오지. 며칠째 저 자리에서 연기가 피어올랐다 사라지곤 한다네."
박 노인은 마을 젊은이와 두런두런 이야기를 나누었어요.
"아무래도 한번 가 봐야겠어."
"좋습니다. 같이 가시지요."

박 노인은 십여 명 남짓한 마을 사람들과 함께 연기가 피어오르는 골짜기를 찾아갔어요.

골짜기 안에 들어서자 작은 움막이 보였어요. 움막 안에서 경전을 읽는 소리가 들려왔지요. 마을 사람들은 그 소리에 조용히 귀를 기울였어요.

"무슨 경전을 외는 걸까요?"

"꼭 남의 나라 말을 하는 것 같아서 모르겠네."

마을 사람들은 소곤거리며 움막 앞에 엉거주춤 서 있었어요. 얼마 뒤, 경전 외는 소리가 그치고 한 스님이 움막 안에서 걸어 나왔어요. 그런데 이 스님의 모습은 무척 남달랐어요. 머리를 깎고 가사를 걸친

걸 보니 스님이 맞는데, 쌍꺼풀진 부리부리한 눈이며 까만 피부
가 꼭 멀리 다른 나라에서 온 사람 같았어요.

박 노인과 마을 사람들은 두 손을 가슴에 모아서 합장하고 이
신비한 스님에게 인사를 했어요.

"스님은 어디서 오셨습니까?"

박 노인이 공손히 묻자 스님은 움막 안에서 벼루와 붓, 종이를
가지고 나왔어요. 그리고 한자로 자신이 누구인지 알려 주었어요.

"나는 인도의 중입니다. 부처님의 말씀을 널리 알리고자 비구니
이신 어머니와 함께 연을 타고 이곳까지 날아
왔습니다."

"연이라니요?"

"바다에 사는 동물로 저의 제자입니다.
제가 바닷가의 절에 살 때 친해져 제자
로 삼았지요. 연은 신통한 능력이 있어
서 하늘을 날고 바다를 헤엄치며 바다
위를 배처럼 떠 다닐 수 있습니다."

"그럼 조금 전까지 읽고 계셨던 경전
의 이름은 무엇입니까?"

"부처님의 가르침을 담은 경전 가운데 최고인 《화엄경》입니다."

글을 다 쓴 인도 스님은 품에서 피리처럼 생긴 악기를 꺼내어 길게 세 번 불었어요. 그러자 커다란 소리를 내며 연이 날아왔어요. 연의 몸은 꼭 거북 같고 얼굴은 꼭 용 같았는데 등에 커다란 날개를 달고 있었어요. 연이 나타나자 움막 안에서 늙은 여스님이 나왔어요.

인도 스님은 연에 올라타더니 여스님께 합장하고는 저녁때 부처님께 바칠 음식을 구하기 위해 훌쩍 떠나갔어요.

박 노인과 마을 사람들은 인도 스님이 사라진 쪽을 향해 합장을 하며 기뻐했어요.

“연을 타고 다니시니 저분을 연기존자라 불러야겠군.”

“부처님의 나라에서 오신 스님이 부처님의 최고 경전인 《화엄
경》을 가지고 오셨으니, 우리 마을에 좋은 일이 생기겠습니다.”

몇 달 뒤 연기존자는 우리말을 배워 마을 사람들과 말을 주고받
을 수 있게 되었어요. 마을 사람들이 연기존자에게 물었어요.

“연기존자님, 부처님께 예배 드릴 곳이 마땅치 않으니 이 자리
에 절을 지어도 되겠습니까?”

“그렇게 하십시오.”

마을 사람들은 힘을 합해 연기존자가 움막을 치고 살던 곳에 절
을 세웠어요. 박 노인이 웃으며 말했어요.

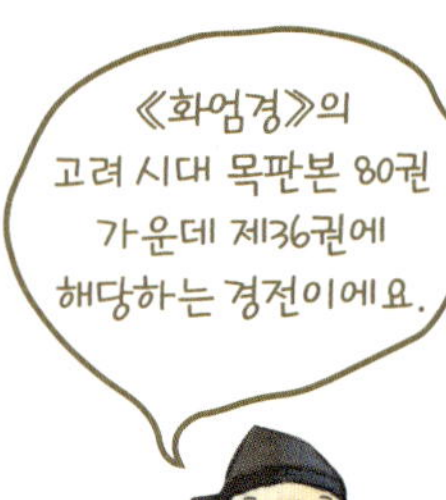

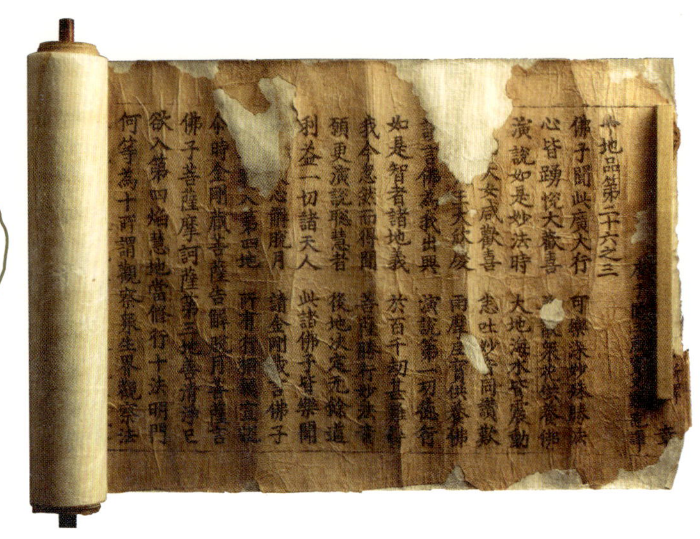

"연기존자님이 계신 곳이니 이 절을 '연기사'라고 하면 어떨까
요?"

연기존자가 미소를 지으며 말했어요.

"나는 인도에서 《화엄경》을 읽었고 지금도 《화엄경》의 뜻을 따
라 수행하고 있습니다. 멀리서 이곳 백제에 《화엄경》을 널리 알
리기 위해 왔으니 '화엄사'라고 하는 것이 좋겠습니다."

지리산 자락의 화엄사는 이렇게 해서 생겨났어요.

연기존자는 절을 짓느라 고생한 마을 사람들에게 《화엄경》을 들
려주고 향기로운 작설차를 대접했어요. 작설차는 어린 녹차의 싹
을 따서 만든 귀한 차예요. 사람들은 연기존자가 계신 화엄사에서

마음을 닦으며 부처님을 더욱더 깊이 믿고 따르게 되었지요.

화엄사와 연기존자의 소문은 해가 갈수록 널리 퍼졌어요. 멀리서부터 연기존자를 찾아와 제자가 되는 사람도 많아졌어요. 그리하여 화엄사는 점점 더 커졌답니다.

화엄사에는 국보 제35호인 4사자 3층 석탑이 있어요. 효자였던 연기존자는 죽은 어머니가 다음번에는 행복한 극락정토에 다시 태어나기를 바라며 열심히 기도했다고 해요. 4사자 3층 석탑은 연기존자의 이런 효심을 탑으로 만든 것이라고 전해져요.

4사자 3층 석탑의 앞에 보면 재미나게 생긴 석등이 세워져 있어요. 연기존자가 한쪽 무릎을 꿇고 왼손에 찻잔을 든 채 머리에 석등을 이고 있는 모습이지요.

석등을 마주보고 있는 4사자 3층 석탑의 모양은 무척 특이해요. 석탑을 받치는 기단의 네 모서리를 사자 네 마리가 이고 있고, 가운데에는 연기존자의 어머니인 비구니

스님이 합장을 하고 서 있어요. 그 위에 3층으로 된 석탑이 올려져 있지요. 석탑의 양면에는 여러 가지 섬세한 조각들이 새겨져 있어요. 아무 데서나 보기 힘든 특별한 모양을 하고 있지요.

이렇게 다른 탑과 달리 특별한 모습을 가진 탑을 '이형 석탑'이라고 해요. 불국사의 아름답고 화려한 다보탑은 대표적인 이형 석탑이랍니다.

화엄사의 각황전에도 전설이 한 가지 전해져요. 절에서는 임진왜란 때에 불에 탄 각황전을 다시 짓기로 하고, 시주를 받아 올 사람으로 늙은 계파 스님을 뽑았어요. 시주란 스님이나 절에 물건을 바치는 것을 말해요. 계파 스님은 걱정이 이만저만 아니었어요.

"나같이 초라하고 늙은 중에게 큰돈을 시주할 사람이 누가 있을까……."

계파 스님은 걱정을 하면서 깜박 잠이 들었어요. 그러자 꿈속에 부처님이 나타나 이렇게 말했어요.

"내일 아침 일찍 길을 나서서 맨 처음 만나는 사람에게 시주를 청해라. 그 사람은 반드시 너에게 시주를 할 것이다."

잠에서 깨어난 계파 스님은 덩실덩실 춤이라도 추고 싶었어요.

"잘되었군, 잘되었어! 얼른 절 밖으로 나가 봐야겠다!"

계파 스님은 어둑어둑한 새벽 산길을 내려왔어요.

그런데 어찌 된 일일까요. 계파 스님이 가장 처음 만난 사람은 왕족도 아니요, 귀족도 아니었어요. 바로 찢어지게 가난해 절에 와 일을 도와주고 밥을 얻어먹는 할머니였지요. 계파 스님은 크게 실망했지만 아무렇지도 않은 척하며 시주를 청했어요. 할머니는 깜짝 놀랐어요.

"아니, 스님. 제 형편을 뻔히 아시면서 시주라니요?"

"사실 간밤에 꿈을 꾸었는데, 부처님께서 맨 처음 만나는 사람이 화엄사 각황전을 다시 지을 수 있도록 시주를 해 줄 거라고 말씀하셨답니다."

이 말을 들은 할머니는 하염없이 눈물을 흘리며 말했어요.

"제가 죽어 왕궁에 다시 태어나 그 일을 이루겠습니다. 문수보살님, 자비를 베풀어 주세요!"

말을 마친 할머니는 곧바로 계곡에 몸을 던져 목숨을 끊었습니다.

"아아, 어찌 된 일인가! 시주를 해 줄 사람을 만나기는커녕 애꿎은 사람을 죽게 만들었으니 내 죄가 크구나."

계파 스님은 괴로워하며 그길로 화엄사를 떠나 전국 방방곡곡을 떠돌았어요. 그러기를 몇몇 해, 스님은 한양에서 우연히 나들이를 나온 어린 공주를 만났어요. 어린 공주는 태어날 때부터 한쪽 손을 펴지 못했는데 계파 스님이 그 손을 만지자 주먹이 저절로 스르르 풀어졌어요. 놀랍게도 손바닥 안에는 '각황전'이라는 세 글자가 선명하게 쓰여 있었지요. 계곡에 몸을 던진 할머니가 공주로 다시 태어난 거예요!

숙종 임금은 계파 스님을 불러 그동안 있었던 일을 모두 듣고 크게 감동했어요. 그러고는 각황전을 다시 세울 수 있도록 큰돈을 내주었답니다. 꿈속에 나왔던 부처님의 말씀이 이루어진 것이지요.

석탑과 탑돌이

우리나라에는 석탑이 무척 많아요. '석탑의 나라'라고 불릴 정도이지요. 곳곳에 단단한 화강암이 많아서 화강암을 쪼아 아름다운 석탑을 만들었어요.

우리나라의 석탑은 삼국 시대에 불교가 들어올 때부터 불상과 함께 만들어지기 시작했어요. 백제에서는 나무로 된 탑을 많이 만들었어요. 호리호리한 몸체에 늘씬한 지붕을 가진 우아한 석탑도 만들었지요. 세 나라 가운데 백제의 탑 만드는 기술이 가장 뛰어났답니다.

신라에서는 돌을 벽돌처럼 쌓아서 탑을 쌓았어요. 몸은 안정감 있으면서도 늘씬하고 지붕돌이 두툼한 3층 석탑이 이때 만들어졌지요. 신라 시대에 만들어진 불국사의 석가탑은 오랫동안 아름다운 3층 석탑의 기준이 되었답니다. 이때가 석탑의 전성기였어요.

　고려 시대에 들어와서는 3층 석탑 대신 화려한 모양의 중국식 석탑을 많이 만들었어요.

　탑이 많은 우리나라에는 석탑에서 벌이는 민속 행사가 있어요. 바로 '탑돌이'예요. 탑돌이는 정월 대보름이나 부처님 오신 날에 벌이는데, 본래는 스님들과 부처님을 믿는 사람들이 탑 주변을 돌며 부처님의 공덕을 기리는 것이었어요. 그러던 것이 언제부터인가 즐거운 민속놀이가 되었답니다.

　탑돌이를 하는 날이면 마을이 온통 시끌시끌했어요. 온 동네 사람들이 모여 탑 주위를 뱅뱅 돌며 소원을 빌었어요. 남자, 여자, 늙은이, 젊은이를 따로 나누지 않고 함께 탑돌이를 했지요. 그래서 이때 젊은 남녀가 서로를 보고 한눈에 반하는 일이 벌어지기도 했어요. 한 남자가 한 여자와 함께 탑돌이를 하다 사랑에 빠졌는데, 알고 보니 여자가 둔갑한 호랑이 처녀였더라는 옛이야기도 전해진답니다.

찻잎 향기가 솔솔 풍기는
대흥사

우리나라 남쪽 끝에 있는 해남의 두륜산에는 대흥사라는 커다란 절이 있어요. 신라 시대에 진흥왕이 어머니를 위해 지은 절이지요. 이곳에는 불상을 천 개 모신 천불전이 있어요. 천불은 경주에서 나는 옥으로 만들어졌는데, 석공 열 명이 6년 동안 매달려 만든 것이라고 해요.

"자자, 조심해서 배에 싣자!"

"부처님을 한 분 한 분 정성껏 옮겨야 해."

사람들은 배 세 척에 옥부처 천 개를 나누어 싣고 해남을 향해 출발했어요. 그런데 바다를 지나다가 그만 무시무시한 풍랑을 만나고 말았어요. 바닷바람은 점점 거세졌고, 높이 치솟는 파도에 배가 몹시 흔들렸어요. 배 두 척은 무사히 풍랑을 빠져나왔지만, 이리저리 흔들리던 배 한 척은 그만 방향을 잃고 일본 나가사키 현으로 떠내려오고 말았어요.

일본 사람들은 떠내려온 배 안에 옥으로 만든 부처가 3백 개나 들어 있는 것을 보고 무척 기뻐했어요.

"부처님 3백 분이 일본을 찾아오셨다!"

"우리나라에 좋은 일이 생기려나 봐!"

바닷가에 모인 사람들은 기뻐서 팔짝팔짝 뛰었어요.

"아이고, 이러고 있을 때가 아니지. 얼른 절을 지읍시다."

"그래요. 부처님 3백 분을 모실 좋은 절을 지어요."

일본 사람들은 절을 짓기로 하고 잠자리에 들었어요. 그날 밤,
일본 사람들은 꿈속에서 부처님을 만났어요.

"일본은 우리가 머물 땅이 아니다.
우리는 조선의 해남 대흥사로 가다
가 풍랑을 만나 잠시 이곳에
몸을 피한 것이니, 우리를
제자리로 돌려보내 주
어라."

잠에서 깬 일본 사람들은 고개를 흔들며 중얼거렸어요.

"꿈에 부처님이 나오다니, 참으로 신비한 일이야."

"신비한 옥부처를 조선에 돌려보낼 수는 없지. 뭐 좋은 방법이 없을까?"

일본 사람들은 생각 끝에 옥부처 바닥에 일본을 나타내는 한자인 일(日) 자를 새기기로 했어요.

"부처님이 일본을 떠나지 않도록 얼른 새깁시다."

사람들은 옥부처 3백 개의 바닥에 일(日) 자를 새겨 넣었어요. 이날 밤 일본 사람들은 다시 꿈을 꾸었어요. 옥부처는 무서운 얼굴로 버럭 화를 냈어요.

"네 이놈들, 우리를 여기에 계속 붙잡아 둔다면 너희 나라를 바닷속에 가라앉게 만들 테다."

일본 사람들은 두려움에 벌벌 떨며 잠에서 깨어났어요.

"부처님이 화를 내시면 큰일입니다. 어서 돌려보냅시다."

"아쉽지만 할 수 없습니다. 일본이 가라앉으면 어쩝니까?"

일본 사람들은 옥부처를 배에 실어 우리나라로 돌려보냈어요.
그래서 뒤늦게 도착한 옥부처 3백 개도 대흥사에 고이 모실 수 있
었다고 해요. 대흥사 천불전에 있는 옥부처 천 개 가운데 3백 개
의 부처 바닥에는 정말로 일(日) 자가 새겨져 있답니다.

천불전의 옥부처는 지금도 신비한 힘을 발휘하곤 해요.

하루는 절을 찾는 사람들의 꿈속에 옥부처가 나타나 이렇게 말
했답니다.

"나에게 가사를 입혀 다오."

사람들은 그 뒤로 4년에 한 번씩 옥부처의 가사를 갈아입히고 있어요. 옥부처가 입던 헌 가사를 가지고 있으면 근심과 걱정이 없어진다고 해요.

대흥사에는 '성도암'이라는 작은 암자가 있는데, 이 암자에도 신비한 전설이 한 가지 전해져 와요.

성도암에 한 스님이 살았어요. 스님은 멀리까지 시주를 하러 나가지 않아도 되었답니다. 성도암 옆의 바위틈에 약수 구멍이 하나 있는데, 이 구멍에서 물 대신 쌀이 흘러 나왔거든요. 구멍에서는 신기하게도 날마다 꼭 한 사람 먹을 만큼 쌀이 나왔어요. 스님은 이 쌀로 밥을 지어 먹고 살았지요.

그러던 어느 날, 손님이 찾아왔어요.

"듣자 하니 이곳에 쌀이 나오는 신비한 구멍이 있다면서요?"

"정말 고마운 일이지요. 날마다 쌀이 나온답니다."

"그럼 저 바위 구멍 안에는 도대체 얼마나 많은 쌀이 들어 있을까요?"

"글쎄요."

스님과 손님은 이야기하느라 시간이 가는 줄 몰랐어요. 어느새 날이 저물어 손님은 성도암에서 하룻밤 묵어 가게 되었지요.

“허허, 이를 어쩐다? 저 바위 구멍에서는 쌀이 한 사람 먹을 양
밖에 나오지 않는데, 손님에게 밥을 대접하면 내가 굶어야 하고,
내가 밥을 먹으면 손님이 굶어야 하니……. 구멍에서 쌀이 한꺼
번에 나오면 좋을 텐데 왜 꼭 한 사람 먹을 것만 나온담.”

스님은 어느새 한 사람 먹을 만큼이라도 쌀이 나오는 구멍에 대
한 고마움을 잊은 채 욕심을 부리게 되었어요.

‘막대기로 구멍 안을 후벼 파면 안에 있는 쌀이 한꺼번에 쏟아
질지도 몰라. 어쩌면 쌀이 끝없이 쏟아질지도 모르지. 그럼 나는

큰 부자가 되어 떵떵거리며 살 수 있을 거야!'

스님은 신이 나서 막대기로 구멍을 쑤셨어요.

"쌀 무더기야, 쌀 무더기야, 나와라."

그러나 쌀 무더기는커녕 날마다 나오던 쌀이 단 한 톨도 나오지 않았어요. 대신 쌀뜨물같이 뿌연 물만 한 방울씩 떨어져 내렸지요. 스님이 욕심을 부렸기 때문에 신비한 구멍의 힘이 사라져 버린 거예요.

그 뒤 뿌연 물은 맑은 물이 되었어요. 지금은 성도암 스님들이 마시는 물로 쓰고 있답니다.

대흥사는 우리나라의 차 문화가 크게 일어난 곳이기도 해요. 조선 시대 말, 대흥사의 초의 스님은 직접 차를 가꾸어 사람들에게 우리 차가 얼마나 훌륭한지 알렸어요.

삼국 시대에 시작된 우리의 차 문화는 고려를 거치며 화려하게 꽃피었어요. 고려 시대 스님들은 언제나 차를 마셨고, 맑은 차를 마시며 마음을 맑게 닦았답니다. 그러나 조선 시대에 들어서면서 나라에서 불교를 억누르는 바람

에 차 문화도 시들해지고 말았어요. 그것을 초의 스님이 되살려 낸 것이지요.

향기롭고 맑은 차는 스님들뿐만 아니라 학자, 선비, 화가 같은 지식인들에게도 큰 인기를 끌었어요.

초의 스님은 차에 대해 이렇게 말했답니다.

"차는 홀로 마시는 것이 가장 좋습니다. 홀로 마시면 온갖 생각이 들끓다가, 이윽고 들끓던 생각이 점점 줄어 나중에는 마음이 텅 비게 됩니다. 텅 빈 마음을 다스리면 마침내 자신을 돌이켜 보고 깨달음을 구하게 됩니다."

초의 스님은 차를 마시는 것이 곧 깨달음을 구하는 것과 같다고 했지요. 그래서 지금도 많은 스님이 차를 마시며 깨달음을 얻고자 노력하고 있어요.

초의 스님은 우라나라의 차 문화를 다시 일으켰을 뿐만 아니라 우리나라의 차를 찬양하는 《동다송》 같은 훌륭한 책을 짓기도 했어요. 《동다송》에는 우리 차 문화의 역사와 우수성이 잘 담겨 있어요. 그래서 읽는 사람에게 중국 것보다 우리 것이 더욱 우수하다는 자부심을 일깨워 주지요.

초의 스님이 살던 일지암은 차의 성지로 불려요. 원래는 터만

남아 있었는데, 1979년에 새로 지어 지금의 아담하고 정갈한 모습을 갖추게 되었답니다. 암자 뒤편 바위틈에서는 찻물로 쓰이는 맑은 샘물이 솟고, 마루 뒤편에는 찻물을 끓이는 부뚜막이 있어요. 샘 근처에는 찻잎을 가는 맷돌이 놓여 있지요.

대흥사는 사리탑이 많은 절로도 널리 알려져 있어요. 우리나라에서 가장 큰 대흥사 부도밭에는 서산 대사 휴정 스님, 초의 선사 의순 스님 등 큰스님들의 사리탑이 있답니다.

마음을 맑게 하는 녹차

우리나라에서는 삼국 시대부터 이미 차를 마셨어요. 《삼국사기》에는 선덕 여왕이 차를 마셨다는 이야기가 적혀 있고, 《삼국유사》에는 가야의 왕비가 인도 아유타국에서 배를 타고 건너올 때 차를 함께 가져왔다고 적혀 있지요.

불교와 차 문화는 떼려야 뗄 수 없는 사이랍니다. 사람들은 삼국 시대부터 부처님께 차를 바쳤고, 신라 시대에는 스님들과 귀족들 사이에 차를 마시는 풍습이 유행했어요. 차는 정신을 맑게 하고 잠을 쫓아 주었기 때문에 마음을

닦는 스님들에게 더없이 좋은 벗이었지요.

　고려 시대에는 스님뿐만 아니라 많은 사람들이 차를 즐겼어요. 고려의 문인 이규보는 이렇게 말하기도 했답니다.

　"스님의 품격이 높은 것은 오직 차를 마시기 때문이네."

　아름다운 고려청자가 만들어진 데에도 차가 큰 역할을 했어요. 신라 시대 말, 바다 건너 당나라에서는 명상을 통해 깨달음을 얻는 불교가 크게 유행했어요. 당나라 스님들은 명상을 할 때면 맑고 푸른 청자 찻잔에 차를 따라 마셨어요. 정신을 맑게 하려고 마시는 차인 만큼 찻잔도 무척 중요하게 생각했지요. 당나라로 유학을 다녀온 신라의 스님들, 귀족들은 푸른 청자의 신비로움에 홀딱 반해 당나라의 값비싼 청자 찻잔을 사들여 차를 마시기 시작했답니다.

　그 뒤 우리나라는 직접 청자를 만들려고 노력했고, 결국 중국의 청자보다 맑고 푸른 고려청자를 만들어 냈어요.

맑디 맑은
불경 소리가 흐르는
수덕사

 도령
이 살았어요. 수덕 도령은 사냥을 무척 좋아해서 틈만 나면 하인
들을 데리고 숲을 쏘다녔어요. 나뭇잎이 색색으로 물든 가을날,
수덕 도령은 또 하인들을 데리고 사냥을 나갔어요. 하인들이 나
뭇가지를 탁탁 치면서 동물들을 몰기 시작했어요.

"우, 우!"

숲에서 풀을 뜯던 노루가 깜짝 놀라 고개를 쳐들자 하인들은 신
이 나서 소리쳤어요.

"노루다, 노루야!"

송아지만큼 커다란 노루였어요. 수덕 도령은 언덕 아래에 숨은
채 활에 화살을 메겼어요. 노루가 수덕 도령이 숨은 풀숲 쪽으로
껑충껑충 뛰어오자 수덕 도령은 활시위를 팽팽하게 당겼어요. 그
런데 노루 뒤쪽에서 아리따운 아가씨 한 명이 걸어오는 게 아니
겠어요? 수덕 도령은 저도 모르게 활을 거두고 아가씨의 고운 눈
과 까만 머리, 사뿐사뿐한 걸음걸이를 멍하니 바라보았어요.

"도련님, 어서 활을 쏘세요!"

"노루가 달아납니다요."

하인들이 아무리 재촉해도 아가씨에게 정신이 팔린 수덕 도령

은 활을 쏠 수 없었어요. 그 틈에 노루는 수덕 도령 옆을 지나쳐 우거진 숲 속으로 멀리 달아났어요. 아가씨도 총총히 사라졌지요.

그 일이 있은 뒤 수덕 도령은 날마다 한숨을 내쉬었어요.

"앉으나 서나, 책을 읽으나 잠이 들 때나, 그 아가씨 생각만 떠오르니……. 후유."

수덕 도령은 생각 끝에 할아범 하인을 불러 말했어요.

"할아범, 내가 요 전날 숲에서 사냥을 하다 선녀처럼 아리따운 아가씨를 보았다네. 그런데 그 아가씨가 자꾸만 아른거려 아무 일도 못할 지경이야. 그 아가씨를 꼭 좀 찾아봐 주게."

할아범은 아랫마을부터 윗마을까지 샅샅이 찾아보았어요.

"며칠 전 우리 도련님이 저 숲에서 선녀처럼 아리따운 아가씨를 보았다고 하는데, 누가 그 아가씨를 모르오?"

"혹시 덕숭 아가씨 아닌가? 덕숭 아가씨는 하늘에서 내려온 선녀처럼 아름답고 마음씨도 곱다네."

할아범은 이웃 마을 사람들에게 들은 이야기를 수덕 도령에게 전했어요. 수덕 도령은 기뻐하며, 그날 밤 건넛마을의 덕숭 아가씨를 찾아갔어요.

"덕숭 아가씨, 나와 결혼해 주십시오. 아가씨가 허락하지 않으

면 나는 이 집을 떠나지 않겠습니다."

"저는 그럴 수 없습니다."

"아가씨가 바라는 건 뭐든 다 할 테니, 제발 결혼해 주십시오."

"안 됩니다."

덕숭 아가씨가 아무리 안 된다고 고개를 저어도 수덕 도령은 끈
질기게 청혼했어요.

"꼬끼오, 꼬꼬."

어느덧 밤이 지나고 새벽이 찾아왔어요. 덕숭 아가씨는 수덕 도
령이 물러서지 않자 한 가지 조건을 내걸었어요.

"만약 저희 집 근처에 절을 하나 세워 주신다면 도련님과 결혼
하겠습니다."

수덕 도령은 그 길로 많은 사람들을 불러 모아 절을 짓기 시작
했어요. 절이 다 지어지자 수덕 도령은 얼른 덕숭 아가씨의 집으
로 달려갔어요.

"보시오, 아가씨의 청대로 절을 다 지었소."

"절을 지을 때에는 몸가짐을 바르게 해야 합니다. 또, 마음속으
로 부처님을 생각하며 절을 지어야 하지요. 그런데 도련님은 어
찌하여 부처님 대신 여자 생각만 하셨습니까? 그렇게 지은 절은

얼마 못 가 무너집니다."

덕숭 아가씨의 말이 끝나자마자 절은 우르르 쾅 소리를 내며 무너졌어요.

깜짝 놀란 수덕 도령은 이번에는 날마다 목욕을 깨끗이 하고 절을 지었어요. 그러나 그 절도 완성되자마자 불에 타 버렸어요.

"몸가짐은 바르게 되었으나 부처님을 생각하는 마음보다 저를 생각하는 마음이 더 커 절이 불에 탄 것입니다. 절을 다 지을 동안 오직 부처님만 생각하세요."

수덕 도령은 다시 절을 짓기 시작했어요. 바른 몸가짐으로 부처님만을 생각하며 열심히 절을 지어 무사히 완성할 수 있었지요.

"약속대로 절이 다 지어졌으니 도련님과 결혼을 하겠습니다. 그렇지만 제가 허락할 때까지 제 몸에 손을 대지 않겠다고 약속해 주세요."

"알았소. 내 약속하리다."

두 사람은 결혼을 하고 함께 살았어요.

그러던 어느 날, 수덕 도령은 더 이상 참지 못하고 허락 없이 덕숭 아가씨를 와락 껴안았어요. 그 순간 하늘에서 천둥 번개가 치며 집이 흔들리더니 덕숭 아가씨가 하늘로 둥실 떠올랐어요.

"여보!"

수덕 도령은 손을 뻗어 덕숭 아가씨의 버선을 붙잡았어요. 하지만 덕숭 아가씨는 버선 한 짝만을 남긴 채 스르르 사라져 버리고 말았어요. 이윽고 번개가 내리쳐 집을 까맣게 태웠고 수덕 도령이 있던 자리에는 넓은 바위가 생겨났어요. 바위 옆에는 버선처럼 생긴 하얀 꽃이 피어 있었지요.

덕숭 아가씨는 관음보살이 변한 모습이었다고 해요. 그 뒤 절은 수덕 도령의 이름을 따 수덕사가 되었고, 산은 덕숭 아가씨의 이름을 따 덕숭산이 되었다는 전설이 전해 온답니다.

수덕사는 삼국 시대 때 지어진 백제의 절로, 1500여 년의 세월을 꾸준히 이어 오고 있어요.

수덕사는 백제 무왕 때 활약했던 혜현 스님이 오랫동안 머무른 곳이에요. 어려서 스님이 된 혜현 스님은 언제나 부지런히 경전을 읽었고, 가르침을 듣고 싶어 하는 사람이 있을 때에는 언제나 기꺼이 불교에 대해 알려 주었어요. 혜현 스님의 소문은 곧 멀리까지 퍼져 나갔어요. 많은 사람들이 혜현 스님의 말씀을 듣기 위해 먼 곳에서부터 일부러 찾아왔답니다.

혜현 스님은 죽음이 가까이 오자, 강남 달라산의 험한 계곡 높은 바위 언덕으로 자리를 옮겨 그곳에서 조용히 눈을 감았어요. 함께 공부하던 벗들은 혜현 스님의 시체를 동굴 안에 뉘어 놓았지요.

얼마 뒤 호랑이가 나타나 혜현 스님의 몸을 뜯어 먹었어요. 호랑이는 스님의 해골과 혀만 남겨 두고 동굴을 나왔지요.

혜현 스님의 혀는 3년 동안이나 살아 있을 때와 똑같이 보드랍고 연한 채로 있었어요. 그 뒤 3년 동안은 점점 빨갛게 되더니 좀 더 시간이 흐른 뒤에는 자줏빛으로 변했고 마침내 돌처럼 딱딱하게 굳었지요. 사람들은 이 신비로운 혀를 석탑에 모셨다고 해요.

수덕사에 있는 스님들은 무척 열심히 공부해요. 많은 것을 배우고 마음을 닦으려고 경전 읽기를 게을리 하지 않지요. 수덕사가 배움에 힘쓰는 곳이기 때문이에요.

수덕사에는 비구니 스님들이 모여 공부하는 '견성암'도 있어요. 비구니는 여스님을 뜻하는 말이지요. 처음에는 비구니 스님 대여섯 명이 이곳에서 마음을 닦았지만, 곧 소문이 퍼지며 전국 곳곳에서 비구니 스님들이 모여들었어요.

지금은 100여 명의 비구니 스님이 견성암에 모여 맑은 목소리로 불경을 읽으며 마음을 닦고 있답니다.

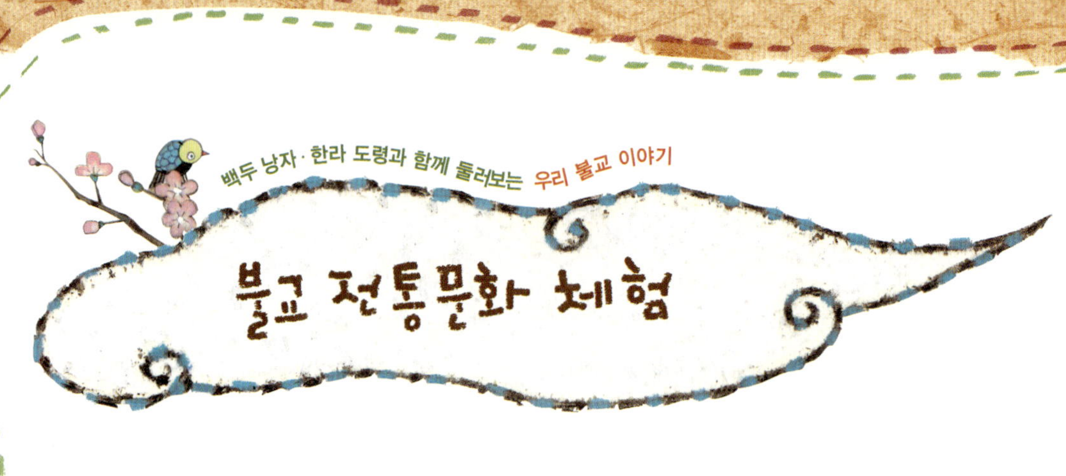

불교 전통문화 체험

흔히 템플 스테이라고 말하는 '불교 전통문화 체험'은 2002년 월드컵이 열렸을 때 처음 시작되었어요. 우리나라를 찾은 외국인들에게 아름다운 자연과 훌륭한 전통문화를 보여 주었지요. 외국인들은 산속의 호젓한 절에 묵으며 자연과 함께 마음의 평화를 느끼고, 우리의 전통문화를 배웠어요.

이제 불교 전통문화 체험은 외국인뿐 아니라 우리나라 사람들에게도 큰 인기를 끌고 있어요. 사라져 가는 전통문화를 직접 체험하고, 가까이 자연을 느

끼고, 마음을 편안히 하는 데 좋은 기회가 되
기 때문이에요.

  그럼, 절에서는 무엇을 할까요? 먼저 새벽
3시에 잠자리에서 일어나요. 목탁 소리와 함께
눈을 뜬 뒤 가장 먼저 부처님께 아침 예배를 드리지요.
그 다음 단정히 앉아 마음을 비우는 참선을 한 뒤 '발우 공양'이라고 부
르는 아침식사를 해요. 발우(바리때)는 스님들이 절에서 쓰는 밥그릇을
말하지요.

  그 뒤 맑은 차를 마시며 마음을 깨끗이 할 수도 있고, 직접 연등을 만들거
나 절 주변의 숲길을 걸으며 맑은 공기를 듬뿍 마실 수도 있지요.

  불교 전통문화 체험에는 꼭 해야 하는 정해진 계획표가 없어요. 예불(예배)
과 공양(식사) 시간을 잘 지키며 자기가 하고 싶은 일을 하면 되지요. 절에서
만들어 놓은 계획표를 따라도 되고 하루 종일 절 주위를 산책하며 바람 소리,
풀벌레 소리에 귀 기울여도 된답니다.

  불교 전통문화 체험에서 무엇보다 중요한 것은
복잡한 마음에서 벗어나 자신을 돌아보는 시간을
가지는 것이라고 해요.

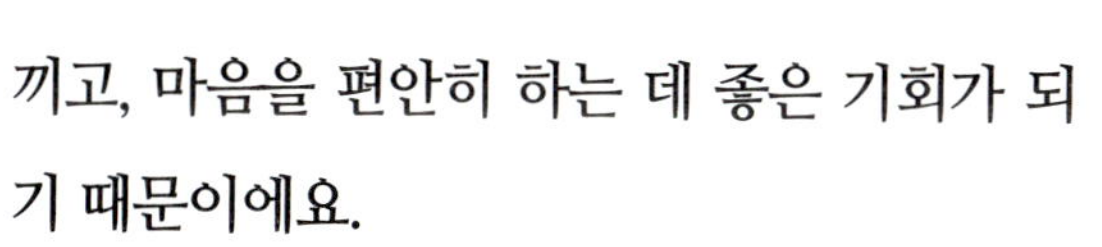

보살이
사는 성스러운 땅
월정사

이 청년은 아버지를 일찍 여의고 늙은 어머니를 모시고 살았답니다. 청년은 무척 부지런했어요.

"어유, 좀 쉬어 가면서 일해. 그러다가 쓰러지겠어."

"제가 얼마나 튼튼한데요. 열심히 일해서 어머니께 좋은 약 한 첩 지어 드려야지요."

청년은 씩씩하게 대답했어요. 사람들은 고개를 끄덕이며 말했답니다.

"정말 효자야, 효자."

"저런 아들을 둔 어머니는 얼마나 좋을까!"

그렇지만 청년이 아무리 열심히 일해도 집안은 점점 가난해졌어요. 하루 한 끼도 배불리 먹을 수 없을 정도였지요.

그러던 어느 날, 청년의 어머니가 망설이면서 머뭇머뭇 말을 꺼냈어요.

"애야, 내가 말이다……. 어찌 된 일인지 며칠 전부터 고기가 너

무 먹고 싶지 뭐냐.”

청년은 고개를 푹 수그렸어요. 어머니가 그토록 먹고 싶어 하는 고기를 돈이 없어서 살 수 없다니……. 청년은 너무나 속이 상했어요.

“고기를 먹으면 병이 다 나을 것 같구나.”

“어머니, 조금만 기다리세요.”

청년은 주먹을 꽉 쥐고 일어났어요. 그러고는 활을 메고 칼을 차고 산으로 올라갔어요.

“노루를 잡아서 어머니께 고깃국을 끓여 드려야지. 불고기도 해 드리고, 고기 찜도 해 드려야지.”

청년은 이렇게 중얼거리며 용기를 냈어요. 하지만 한 번도 사냥을 해 본 적이 없는 청년이 어떻게 하루 만에 동물을 잡겠어요? 발이 부르트도록 산을 헤매다녔지만 노루는커녕 토끼 한 마리도 잡지 못했답니다.

뉘엿뉘엿 해가 저물자, 청년은 터덜터덜 산을 내려왔어요. 그때 커다란 학 다섯 마리가 청년의 머리 위를 훨훨 날아갔어요.

"마지막이다! 제발 맞아라!"

청년은 간절히 중얼거리며 활시위를 당겼어요. 그러나 화살은
학 근처에도 가지 못했어요. 학은 훨훨 날아 멀리 사라져 버렸고,
새하얀 깃털 하나만이 땅으로 사뿐히 떨어졌어요.

"후유."

청년은 한숨을 내쉬며 무심코 깃털을 주워 눈에 대어 보았어요.

그러자 이상한 일이 벌어졌어요. 지나가는 사람들이 모두 동물
모습으로 보이는 거예요!

심술쟁이 방앗간 주인은 사나운 고양이처럼 보였어요. 욕심 많은 이 생원은 미련한 돼지로 보였지요.

"어, 어?"

청년은 깜짝 놀라 눈에서 깃털을 떼어 냈어요. 그랬더니 모두 도로 사람으로 보였어요.

"정말 이상한 깃털이네. 내가 오늘 짐승을 죽이려는 나쁜 마음을 먹었더니 이 깃털이 내 앞에 떨어졌나 보다. 사람이나 짐승이나 생명은 다 소중한 것을……. 나는 비록 짐승을 죽이지는 않았지만, 나쁜 마음을 먹었으니 큰 죄를 지었구나."

청년은 크게 후회했어요. 그러고 나니 다시는 사냥을 하고 싶지 않았어요. 청년은 냇가에 앉아 두 손으로 머리를 감싸며 고민했어요.

"어머니께 꼭 고깃국을 끓여 드리고 싶은데 좋은 수가 없을까?"

청년은 한참 만에 고개를 번쩍 들었어요.

"그래. 내 넓적다리 살을 베어 그걸로 음식을 해 드려야겠다."

청년은 망설임 없이 칼로 넓적다리 살을 베어냈어요. 청년의 다리에서 피가 철철 흘러 냇물로 흘러들었어요. 빨갛게 변한 냇물은 아래로, 아래로 흘러갔어요. 때마침 그곳을 지나던 마을의 높은 관리가 냇물이 빨간 것을 보고 깜짝 놀랐어요. 냇물을 따라 올라온 관리는 청년이 있는 곳에 닿았어요.

"무슨 일이 있기에 자신의 몸을 칼로 베었는가?"

"어머니께 고기반찬을 해 드리고 싶은데 돈이 없어 고기를 살 수 없었습니다. 그렇다고 살아 있는 짐승을 함부로 죽일 수도 없어서, 제 살이라도 베어다가 고기반찬을 해 드리려고 합니다."

관리는 청년의 이야기를 듣고 크게 감동했어요. 왕궁에 도착한 관리는 곧장 임금님을 찾아갔어요.

"제가 공주의 한 마을을 지나는데 웬 청년이 자신의 넓적다리 살을 베고 있는 게 아니겠습니까? 깜짝 놀라 까닭을 물으니 어머니께 고기반찬을 해 드리려고 그랬다고 하옵니다."

"정말 효성이 깊구나. 이를 세상에 널리 알려 모든 사람이 본받게 하라. 또한 그 청년에게 쌀 백 섬을 내려 어머니를 정성껏 모시게 하라."

임금님이 내려 준 쌀 덕분에 청년은 어머니를 더욱 잘 모실 수 있었어요. 어머니가 좋아하는 고기반찬도 얼마든지 해 드릴 수 있었답니다.

그러나 청년의 어머니는 그 뒤 몇 해를 못 넘기고 세상을 떠났

어요. 그 뒤로 청년은 스님이 되어 품 안에 학의 깃털을 소중히 품고 떠돌아다니기 시작했어요. 이분이 바로 신효 스님이에요.

"여기가 어떨까?"

마을에 들를 때마다 신효 스님은 학의 깃털을 눈에 대어 보았어요. 그러면 사람들은 어김없이 돼지, 개, 닭, 소 같은 동물로 보였어요. 사람들이 많이 사는 경주에서도 모든 사람이 동물로 보였답니다.

신효 스님은 실망해서 북쪽으로 계속 걸어 강릉에 도착했어요.

"이곳은 공기도 깨끗하고 사람들의 얼굴도 맑구나."

신효 스님은 기대에 차 학의 깃털을 눈에 대어 보았어요. 그러자 동물로 보이는 사람이 반, 사람으로 보이는 사람이 반이었어요.

“내가 여러 곳을 떠돌았지만 여기만큼 사람들의 마음씨가 좋은
곳은 없었다!”

신효 스님은 강릉에 머물기로 마음먹고 마음을 닦을 만한 곳을
찾아다녔어요.

“스님, 어디를 그렇게 찾으십니까?”

어느 날, 한 할머니가 신효 스님에게 물었어요.

“마음을 닦을 수 있는 좋은 곳을 찾고 있습니다.”

“대관령 고개를 넘어 한참 가면 북으로 뚫린 골짜기가 있습니
다. 그곳으로 가시지요.”

말을 마친 할머니는 스르르 사라졌어요.
할머니는 바로 관음보살이었답니다. 신효 스
님은 할머니의 말대로 대관령 고개를 넘어
북으로 뚫린 골짜기를 찾았어요.

“여기가 어디인지요?”

신효 스님은 지나가는 사람에게 물었어요.

“오대산입니다. 신라 시대에 자장 스님이
지으신 월정사 입구이지요.”

“월정사라…….”

“이곳에는 본래 달바위라고 불리는 큰 바위가 있었는데, 그 자리에 절이 세워졌기 때문에 달 월(月) 자를 써서 월정사라고 부릅니다.”

마을 사람의 이야기를 들은 신효 스님은 월정사에 머무르며 마음을 닦기로 했어요.

그로부터 며칠 뒤 스님 다섯 사람이 신효 스님을 찾아왔어요. 그 스님들 가운데 한 사람이 손을 불쑥 내밀며 말했어요.

“네가 가진 내 가사 자락을 돌려다오.”

신효 스님은 이상하게 생각되어 물었어요.

“저는 여기서 스님을 처음 뵈었습니다. 그런데 제가 어찌 스님의 가사 자락을 지니고 있겠습니까?”

“떽! 네 품 안에 분명히 있거늘 무슨 소리를 하는 게냐?”

신효 스님은 깜짝 놀라 학의 깃털을 꺼내려고 품에 손을 넣었어요. 그런데 깃털이 어느새 가사 자락으로 변해 있지 뭐예요. 가사 자락을 맞춰 보자 그 스님이 입고 있는 가사의 떨어진 부분에 딱 맞았어요.

신효 스님은 공손히 가사 자락을 돌려주었어요. 가사 자락을 받아든 다섯 스님은 말없이 돌아갔어요. 다섯 스님이 사라지자 신효 스님은 조용히 합장했어요.

"아아, 내가 오대산에 계신 보살님들을 뵙다니!"

그 다섯 스님은 오대산의 다섯 봉우리에 살고 있는 보살님들이었어요. 오대산의 다섯 봉우리에는 예로부터 관음보살, 지장보살, 대세지보살, 대아라한, 문수보살이 살고 있다고 전해져요.

월정사에는 자장 스님이 가져온 부처님의 사리 가운데 하나가 보관되어 있답니다.

사찰에서 만나는 국보와 보물

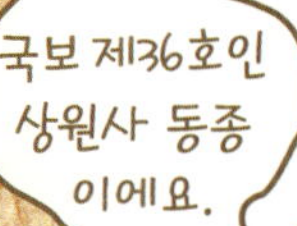

우리나라의 사찰은 숲 속에 호젓이 들어앉아 있어요. 그 안에는 국보, 보물 등으로 정해진 훌륭한 문화재가 가득하지요. 우리 문화재 가운데 불교 문화재가 차지하는 비율은 65퍼센트가 넘는답니다.

오래된 사찰에는 천 년도 더 된 옛날에 만들어진 탑, 사리탑(부도), 범종 등이 남아 있어요. 700년이 넘은 오래된 건축물도 볼 수 있지요. 몇 백 년 전에 그려진 그림과 불상이 사찰에 그대로 남아 있어서 사람들의 발길을 붙잡곤 해요. 사찰은 자연 속에서 만나는 훌륭한 박물관이랍니다.

또 큰 사찰에는 불교와 관련된 성스러운 보물을 전시하는 성보 박물관이 있어요. 이곳에서 불교 그림이나 불교 도구 등의 불교 문화재를 쉽게 만날 수 있지요.

오대산 월정사에는 국보 제48호로 지정되어 있는 월정사 8각 9층 석탑이 있어요. 이 석탑은 8각 모양의 2단 받침대 위에 9층으로 층층이 몸통과 지붕이 올라 있는 화려하고 아름다운 고려 시대 탑이에요. 고려 시대의 불교는 무척 귀족적이었기 때문에 이때 만들어진 작품들은 이렇게 화려함을 간직하고 있답니다.

　월정사의 암자인 상원사에는 1300여 년 전에 만들어진 상원사 동종이 있어요. 종의 맨 위에는 큰 머리에 굳센 발톱을 가진 용이 고리를 이루는 용뉴가 있고, 소리의 울림을 도와주는 음통이 달려 있어요. 몸통에는 하늘을 나는 선녀상이 조각되어 있지요. 음통이 있는 용뉴와 하늘을 나는 선녀 조각은 우리나라 종의 고유한 특색이에요.

　국보 제36호인 상원사 동종은 지금까지 남아 있는 우리나라 종 가운데 가장 오래된 것으로, 듣는 사람의 마음을 맑게 씻어 주는 아름다운 소리를 가지고 있답니다.

전설이 머무는 곳
전등사

강화도에 있는 전등사는 1600여 년 전, 삼국 시대에 아도라는 스님이 지은 절이라고 전해요. '전등'은 부처님의 가르침을 '사람들의 마음을 밝히는 등불'에 빗댄 말이에요. 전등사의 본래 이름은 진종사였지만, 고려 말 충렬왕 때 왕비인 정화 공주가 옥으로 만든 등을 절에 바친 뒤 전등사로 바뀌었어요.

전등사의 대웅보전은 400년이 채 못 된 조선 시대의 건물이에요. 오래전에 있었던 대웅보전이 1614년에 불에 타 1621년에 새로 지었기 때문이랍니다. 그 뒤로도 여러 번 손질하고 고쳐서 지금의 모양이 되었지요.

대웅보전의 지붕 네 귀퉁이 처마 아래에는 벌거벗은 여인상이 조각되어 있어요. 이 여인상은 무거운 대웅보전 지붕을 힘겹게 이고 벌을 받고 있답니다. 절에 벌거벗은 여인의 조각이라니, 무슨 사연이 있을 법하지요?

조선 시대 광해군 때였어요. 한 도편수가 전등사의 대웅보전을 고치게 되었어요. 도편수는 집을 지을 때 모든 책임을 맡는 목수의 우두머리예요.

도편수는 가까운 주막집 여인과 사랑에 빠지게 되었답니다.

"나에게는 당신밖에 없소."

“그럼요. 저도 당신뿐이에요. 공사가 끝나면 우리 결혼해요.”

“좋아. 내 돈을 모두 당신에게 맡길 테니 잘 맡아 주구려.”

도편수는 주막집 여인에게 재산을 전부 맡겼어요. 그러고는 행복한 마음으로 대웅보전을 고쳤어요. 그런데 공사가 다 끝날 무렵이 되자, 주막집 여인의 마음이 바뀌고 말았어요.

‘아아, 저 남자와 결혼하기 싫어졌어. 그냥 도망쳐 버릴까?’

어느 으슥한 밤, 여인은 돈주머니를 챙겨서 슬그머니 마을을 떠났어요.

“거짓말이야! 말도 안 돼!”

도편수는 여인이 떠난 것을 믿을 수 없었어요.

“으흐흑, 그 돈이 어떤 돈인데……. 내가 평생을 힘들게 일해서 모은 건데…….”

몇 날 며칠 잠을 이루지 못하고 괴로워하던 도편수는 기막힌 복수 방법을 생각해 냈어요. 도망친 여인의 모습을 나무로 깎아 대웅보전의 처마 밑에 세워서 무거운 지붕을 받치게 한 거예요. 평생 동안 불경 소리, 목탁 소리, 풍경 소리를 들으며 자신의 죄를 뉘우치게 한 셈이지요.

이 전설이 사실인지 아닌지는 알 수 없지만, 벌 받는 여인 조각은 전등사 대웅보전에서만 볼 수 있는 특별한 것이랍니다.

신라 시대와 고려 시대에 높이 받들어졌던 불교는 조선 시대에 와서 그 기세가 크게 수그러들었어요. 조선 시대에는 유교를 높여 소중히 여긴 반면에 불교는 아주 천하게 여겼기 때문이에요. 따라서 스님들의 지위가 무척 낮았지요. 은행나무에 얽힌 전등사의 전설은 이 때문에 생겨났어요.

전등사에는 크고 우람한 은행나무가 두 그루 있어요. 각각 500년, 600년 된 나무랍니다. 이 나무에는 본래 해마다 은행 열매가 주렁주렁 열렸어요. 관아에서는 전등사 스님들에게 은행 열매를 걷어 바치도록 했지요. 그런데 언제나 두 나무에서 맺히는 은행 열매의 양보다 훨씬 많은 양을 내라고 했어요.

"저는 앞산을 돌며 은행 열매를 주워 오겠습니다."

"저는 저 뒤쪽으로 가 은행 열매를 찾겠습니다."

스님들은 가을이 되면 온 산을 샅샅이 뒤져 은행 열매를 모아서 관아에 보내곤 했지요.

그런데 이번 해부터는 이제껏 내던 양보다 두 배나 많은 은행 열매를 내라고 하지 뭐예요! 이 일을 맨 처음 알게 된 전등사의 동자승은 할아버지 스님에게 달려가 말했어요. 동자승은 어린 스님을 말해요.

"스님, 어쩌지요? 아무리 애를 써도 두 배나 되는 은행 열매를 구할 길이 없어요. 그러니 관아에 가서 은행 열매를 그만큼이나 낼 수는 없다고 말해야 해요."

"그럴 수가 없단다. 관아에서는 우리가 은행 열매를 빼돌린다고 생각할 거야."

"그럼 어떻게 하지요?"

동자승의 물음에 할아버지 스님은 묵묵히 생각에 잠겼어요. 곁에 있던 스님들은 한숨을 쉬며 이야기를 나누었어요.

"관아에서 우리 절을 괴롭히려고 단단히 마음먹었나 봅니다."

"차라리 이 은행나무가 은행이 열리지 않는 수나무라면 좋을 텐데요."

은행나무는 암나무와 수나무로 나뉘는데, 수나무의 꽃가루가 바람을 타고 암나무로 전해지면 암나무에 열매가 맺혀요. 수나무는 열매를 맺지 않지요.

“맞아요! 이 은행나무가 수나무라면 은행 열매도 열리지 않을 텐데…….”

“그럼 관아에서도 우리 절에 은행 열매를 내놓으라고 하지 못할 겁니다.”

그때 생각에 잠겨 있던 할아버지 스님이 동자승에게 일렀어요.

“백련사의 추송 스님에게 좀 다녀오거라. 추송 스님을 모시고 은행나무를 암나무에서 수나무로 바꾸는 기도회를 열어야겠다.”

동자승이 추송 스님을 모셔 오자, 전등사에서 기도회를 연다는 소문이 여기저기 퍼졌어요. 동네 사람들도 구경을 왔고, 관아의 포졸들도 절을 감시하러 왔어요.

“중들이 이젠 미쳤구먼.”

"그러게. 멀쩡히 열매가 열리는 암나무를 어떻게 수나무로 바꾼단 말이야?"

"말도 안 되는 일을 벌이다니, 쯧쯧……."

포졸들이 저희끼리 수군거리는 사이에 전등사 기도회가 시작되었어요. 맑은 염불 소리가 3일 동안 끊이지 않고 흘러나와 멀리까지 퍼져 나갔어요.

드디어 기도회가 끝나고 목탁 소리가 멈추었어요. 추송 스님은 우렁차게 외쳤어요.

"동쪽 나라 조선의 강화도 전등사에서 3일 기도를 정성껏 올렸으니 이 은행나무가 천 년 만 년 열매를 맺지 않는 수나무가 되게 해 주시옵소서."

추송 스님의 외침이 터져 나오자, 스님들과 기도회를 비웃던 포졸들 모두가 비명을 질렀어요.

"으악, 머리가 깨질 것 같아."

"억! 내 눈이 이상해."

맑았던 하늘에 먹구름이 몰려오더니 천둥소리가 우르릉 쾅 하늘을 울렸어요. 갑자기 우박과 비가 쏟아지더니, 은행나무 두 그루는 은행 열매를 우수수 떨어뜨린 다음 마구 흔들렸어요. 사람들은 무서워서 바닥에 넙죽 엎드렸어요. 추송 스님과 할아버지 스님, 동자승은 시원하게 웃으며 스르르 사라졌어요.

기도회가 있은 뒤, 전등사의 은행나무는 열매를 맺지 않게 되었어요. 암나무에서 수나무로 바뀐 거예요!

그 뒤로 신비한 은행나무의 힘에 놀란 관아에서는 더 이상 은행 열매를 바치라고 하지 않았어요. 스님들을 괴롭히는 일도 없어졌어요.

사람들은 전등사의 은행나무를 가리키며 이렇게 말했답니다.

"그분들은 보살님이셨어!"

"보살님이 전등사를 구하시려고 스님 세 분으로 변해서 오신 거야."

전등사의 두 은행나무는 지금은 노승나무, 동승나무로 불린답니다. 물론 은행 열매도 맺히지 않지요.

전등사 안에는 두 그루 은행나무 말고도 크고 아름다운 나무가 많아요. 석가모니 부처를 모신 건물인 대웅전 앞마당에는 400살 난 느티나무가 시원한 그늘을 드리우고 있어요. 대웅전 맞은편 마당에는 엄청나게 커다란 단풍나무가 있고요. 가을이 되면 잎에 빨간 물이 들어 꼭 불붙은 것처럼 보이지요.

주엽나무도 빼놓을 수 없어요. 전등사의 주엽나무에는 '춤추는 나무'라는 별명이 붙어 있답니다. 가지들이 마치 춤추는 것처럼 하늘로 뻗어 있기 때문이에요.

울창한 나무들로 덮여 있는 전등사는 아름다운 경치를 자랑하는 절이랍니다.

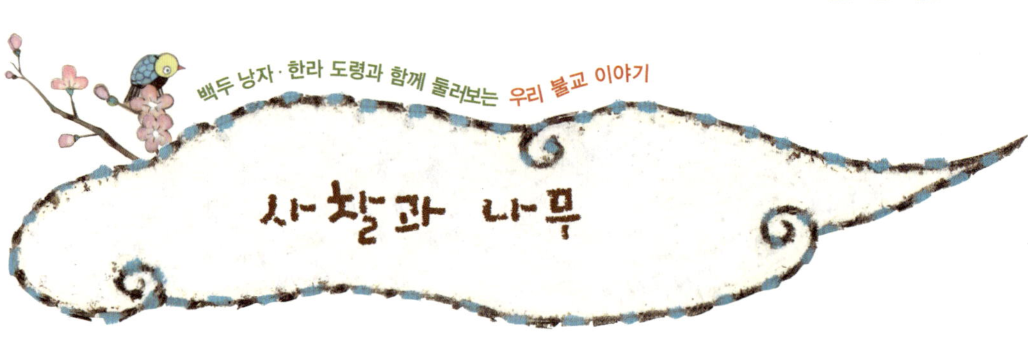

사찰과 나무

우리나라 산에는 오랜 역사를 지닌 사찰들이 자리 잡고 있어요. 그런 사찰에서는 몇 백 살씩 먹은 커다란 나무를 쉽게 볼 수 있어요. 사찰과 나무는 떼려야 뗄 수 없는 사이예요. 사찰 안의 나무 가운데에는 나라에서 보호할 만큼 소중한 천연기념물이 많지요.

화엄사에는 300살이 넘은 올벚나무가 있어요. 천연기념물 제38호로, 봄이 되면 다른 벚꽃보다 먼저 환한 꽃봉오리를 터뜨리지요. 백련사, 선운사에서는 아름다운 동백나무 숲을 볼 수 있어요. 4월이 되면 동백나무들은 빨간 꽃을 한꺼번에 바닥에 떨군답니다.

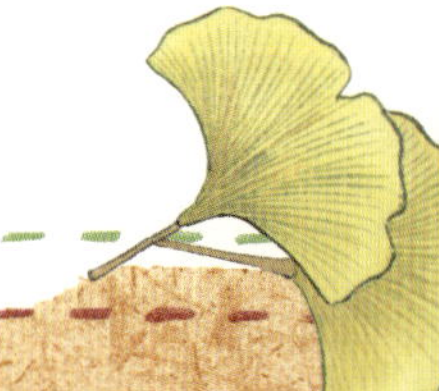

　　절에서 자라는 오래된 나무에는 한 가지쯤 전설과 사연이 깃들어 있게 마련이어서 즐거움을 더하지요. 큰스님이 땅에 꽂은 지팡이에서 싹이 돋아 나무가 되었다는 이야기를 들어 봤나요? 부석사에는 신라의 의상 스님이 꽂아 둔 지팡이가 자라난 나무인 선비화가 있어요. 방한암 스님이 짚고 다니던 지팡이가 자라난 오대산 사자암의 단풍나무, 큰스님이 머무르며 꽂아 둔 지팡이가 자라난 운문사의 큰 소나무도 널리 알려진 지팡이 나무예요.

　　스님들은 걷는 것을 돕는 데 썼던 지팡이조차 허투루 대하지 않았어요. 고이 심어 푸른 잎을 틔우게 했지요. 살아 있는 모든 생명을 귀히 여기는 마음이 절 한 켠에 뿌리내린 지팡이 나무에 담겨 있답니다.

미륵 신앙의 땅
금산사

옛날 전라도 지방에 정씨 집안이 살았어요. 정씨 집안에는 열두 살 난 아들이 하나 있었어요. 어느 봄날, 아이는 사냥을 가는 길에 연못가를 지나게 되었어요.

"개굴, 개굴, 개굴."

"이놈, 잡았다!"

아이는 개구리를 잡아 버드나무 가지에 꿰어서 연못에 담가 두었어요.

"이따 돌아오는 길에 집으로 가져가 구워 먹어야지."

아이는 산속 깊숙이 들어가 신나게 사냥을 했어요. 그러다가 날이 어두워지자 서둘러 산을 내려왔어요. 개구리는 깜박 잊어버린 채로 말이에요.

그렇게 시간이 흘러 다음 해 봄이 돌아왔어요. 아이가 연못가를 지나 사냥을 가는데 어디선가 처량한 소리가 들려왔어요.

"개고올, 개고올."

"응? 무슨 소리지?"

아이는 소리를 따라 연못 앞까지 와서는 화들짝 놀랐어요. 일 년 전 버드나무 가지에 꿰어 놓았던 개구리가 여전히 살아 물속에서 힘들게 울고 있는 게 아니겠어요?

"아이고, 내가 무슨 짓을 한 거람. 구워 먹겠다고 생각하고는 일 년 동안이나 이렇게 꿰어 놓다니, 내가 개구리에게 큰 죄를 짓고 말았구나."

아이는 눈물을 뚝뚝 흘리며 죄를 뉘우치고, 스님이 되기로 마음먹고 김제에 있는 모악산의 금산사로 갔답니다.

금산사가 있는 곳은 본래 용이 살던 크고 깊은 연못이었어요. 삼국 시대에 한 스님이 소금 만 석으로 못을 메워 용을 쫓아내고 그 자리에 세운 절이라고 해요.

아이는 금산사에서 스님이 되었어요. 이분이 바로 신라 시대에 미륵 신앙을 널리 퍼뜨린 진표 스님이에요. 스승인 순제 스님은 진표 스님에게 경전을 두 권 주며 말했어요.

"너는 이 책을 가지고 가 과거의 죄를 뉘우치고, 마음을 깨끗이 닦아 미륵보살과 지장보살 두 분을 뵈어라. 그리하여 세상의 모든 살아 있는 생명을 이끌어 주도록 하여라."

미륵보살은 미래에 부처로 세상에 나오기 위해 수행하고 있는 보살이에요. 지장보살은 석가모니 부처가 돌아가신 뒤 미륵보살이 부처로 세상에 나오기 전까지 부처가 없는 세상에서 살아 있는 것들을 구해 주는 보살이지요.

진표 스님은 이곳저곳을 떠돌다가 변산의 높은 바위 절벽에 지어진 암자에 올랐어요. 그곳에서 진표 스님은 온몸을 바위에 부딪히는 수행을 하며 지난날 자신의 잘못을 뉘우쳤어요. 그렇게 3년이 흘렀어요.

"아무리 노력해도 뜻대로 나아갈 수가 없구나. 내 차라리 목숨을 끊겠다!"

실망한 진표 스님은 절벽에 몸을 내던졌어요. 진표 스님이 땅에 떨어지려는 순간, 어디선가 파란 옷을 입은 아이가 나타나 진표 스님을 가볍게 받아서 절벽 위에 올려놓고 사라졌어요.

"아아, 보살님이 날 살려 주시다니!"

진표 스님의 눈에서 뜨거운 눈물이 솟았어요. 가슴에서는 용기가 용솟음쳤지요. 진표 스님은 21일 동안 밤낮으로 수행에 힘을 쏟았어요.

온몸을 돌로 찧고 바위에 몸을 부딪히며 수행하자 3일 만에 온몸의 살집이 터져 피가 흐르고 하얀 뼈가 보였어요. 진표 스님은 죽을 것 같은 고통을 꾹 참으며 수행을 계속했어요. 7일째 되던 날, 지장보살이 나타나 상처로 피투성이가 된 진표 스님의 손을 잡아 주었어요. 그러자 손과 팔뚝의 상처가 모조리 사라져 피부가 전처럼 되었어요. 지장보살은 가사와 바리때를 남기고 스르르 사라졌어요.

진표 스님은 크게 기뻐하며 더욱더 수행에 힘썼어요. 마침내 21일째 되는 날, 진표 스님은 지장보살과 미륵보살을 뵈었어요. 지장보살은 진표 스님의 이마를 어루만지며 말했어요.

"장하구나! 몸과 마음을 아끼지 않고 정성껏 지난 잘못을 뉘우쳤도다."

지장보살은 진표 스님에게 스님이 지켜야 할 규칙이 담겨 있는

계본을 주었어요. 미륵보살은 8자와 9자가 각각 새겨진 작은 조각을 두 개 주며 말했어요.

"이것은 나의 손가락뼈이니라."

수행을 마친 진표 스님은 마침내 변산의 바위 절벽을 내려왔어요. 모악산의 금산사로 돌아와 조그마한 금산사를 크게 고쳐 지으려고 노력했지요.

그러던 어느 날 진표 스님은 꿈에서 신비한 목소리를 들었어요.

"용 연못에 숯을 넣어 메운 다음, 그곳에 미륵 불상을 세워라."

다음 날 진표 스님은 금산사 용 연못에 숯을 던져 넣을 방법을 궁리했어요.

"연못을 빨리 메우려면 어떻게 해야 할까?"

진표 스님은 생각 끝에 신비한 힘으로 신통력을 부려 마을 사람들에게 눈병이 돌도록 했어요. 그러고는 '금산사 용 연못에 숯을 넣으면 눈병이 낫는다'는 소문을 퍼뜨렸어요.

"아유, 정말 신기하지 뭐요? 용 연못에 숯을 넣고 연못물에 눈을 씻었더니 눈병이 싹 낫지 뭐예요."

"정말이에요? 나도 오늘 당장 용 연못에 숯을 넣고 와야겠네."

"나도 같이 갑시다."

사람들은 너도나도 용 연못으로 와 숯을 넣었어요. 그 덕에 연못은 금세 숯으로 메워졌답니다.

진표 스님은 기뻐하며 말했어요.

"연못 가운데에 미륵 불상을 세워야겠다."

진표 스님은 연못을 메운 자리에 연꽃 모양으로 조각한 큰 바위를 세웠어요. 그런데 무슨 일인지, 연꽃 바위는 밤사이 20미터나 떨어진 곳으로 슬그머니 달아나 버렸어요. 연꽃 바위는 지금도 연못을 메운 터에서 20미터 떨어진 곳에 자리 잡고 있답니다.

이 연꽃 바위는 보물 제23호로 '석련대'라고 불리지요. '돌연꽃대'라는 뜻이에요.

"어허, 이게 무슨 일인가! 어찌하여 연꽃 바위가 저리로 옮겨진 것일까?"

진표 스님은 끙끙 고민에 빠졌어요. 그러다 설핏 잠이 들었는데 꿈속에 미륵보살이 나타

나 말했어요.

"바닥에 시루를 놓아 부처님을 모시면 잘될 것이다."

진표 스님은 퍼뜩 꿈에서 깨어났어요. 그리고 꿈에서 들은 대로 연못 가운데 바닥에 밑이 없는 커다란 무쇠 시루를 묻고, 그 위에 철로 된 커다란 미륵 불상을 세웠답니다.

지금 그 자리에는 미륵전이 서 있어요. 미륵전은 현재 남아 있는 우리나라의 사찰 건물 가운데 유일한 3층 건물이에요. 국보 제62호로 지정되어 있는 백제 양식의 건물로, 임진왜란이 끝난 뒤 옛 모습을 살려 지은 것이지요. 옛 건물은 임진왜란 때 석련대 등 돌로 만들어진 부분을 빼고는 모두 불타 버렸거든요. 지금 금산사에 있는 건물은 대부분 1600년대에 다시 지어진 것이랍니다.

금산사는 우리나라 미륵 신앙의 중심지예요. 미륵 신앙이란 미래에 오실 부처님인 미륵보살을 믿는 거예요. 우리 조상들은 세상이 어지러울 때 미륵이 나타나 세상을 구할 것이라고 굳게 믿었어요. 하루하루 고단한 삶을 보내던 백성들은 미륵이 언제고 반드시 와서 자신들을 구해 줄 거라고 믿으며 희망을 안고 살았답니다.

금산사는 후백제를 세운 견훤이 갇혀 있던 곳이기

도 해요. 견훤이 자신이 아끼는 넷째 아들에게 왕위를 물려주려
하자, 첫째 아들 신검과 둘째 아들 양검은 견훤을 붙잡아 금산사
에 가두었어요. 신검은 넷째를 죽이고 왕이 되었어요. 견훤은 금
산사 지하에 석 달 동안 갇혀 있다가 감시하는 사람들에게 술을
먹이고 도망쳐 왕건에게 가서 항복했어요.

그 뒤 왕건은 후백제를 공격해 신검을 사로잡았고 견훤의 둘째,
셋째 아들은 죽임을 당했어요. 후백제의 최후를 전해 들은 견훤
은 울화병이 생겨 얼마 뒤 죽고 말았답니다.

토속 신앙을 받아들인 불교

불교의 경전에는 이런 말이 나와요.

"각 지역의 신과 신앙을 존중하라."

석가모니가 살아 있을 때부터 불교는 인도 고유의 토속 신앙과 결합해 왔어요. 중앙아시아에서는 명왕 신앙을 받아들여 명왕을 불교의 수호신으로 삼았고, 중국에서는 북두칠성을 받드는 도교의 칠성 신앙을 받아들여 절 안에 칠성각을 세웠어요.

여러 나라를 거치며 그 나라의 고유한 신앙을 받아들인 불교는, 한반도에

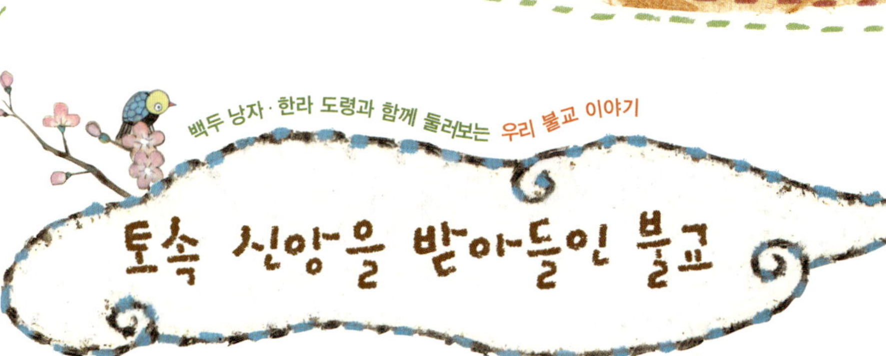

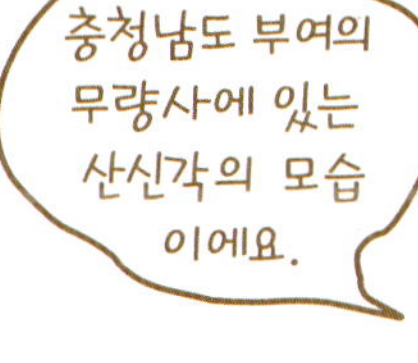

이르러 우리나라의 산신 신앙까지 받아들였어요. 산신 신앙은 산을 신성하게 여겨서 받드는 우리나라의 고유한 신앙이에요.

그 결과 우리나라의 절에는 다른 나라에서 찾아볼 수 없는 산신각이 생겨났지요. 우리나라의 어느 절에 가더라도 산신령을 모신 산신각을 볼 수 있답니다.

작은 절에서는 산신령을 칠성, 독성과 함께 모시기도 해요. 북두칠성 신인 칠성은 수명을 지켜 주고, 위대한 성인인 독성은 복을 준다고 해요. 산의 신인 산신령은 땅을 지키지요.

불교는 각 나라의 토속 신앙을 반대하거나 물리치는 대신 너그럽게 감싸 안았어요. 그 덕분에 다른 종교나 신앙과 부딪히지 않고 세계적인 종교로 자라날 수 있었답니다.

황금 물고기 산에 세워진
범어사

조선 시대 금정산의 범어사라는 절에는 욕심쟁이 매학 스님이 살았어요. 매학 스님은 사람들에게서 지나치게 많은 돈과 재물을 받아 내곤 했어요.

"저는 죽어서 좋은 곳에 태어나고 싶어요."

"나무아미타불, 시주를 많이 하시면 좋은 곳에 태어나라고 빌어 드리지요."

"우리 애가 병에 걸려 걱정이에요."

"나무아미타불, 시주를 많이 하시면 아이의 병이 씻은 듯 낫게 해 달라고 빌어 드리지요."

매학 스님은 이렇게 시주를 받아서는 아무에게도 나눠 주지 않고 혼자 모았답니다.

하루는 매학 스님이 작은 마을 앞을 지나가다 조그마한 집에 상서로운 기운이 어려 있는 것을 발견했어요.

'무슨 좋은 일이 생기려고 저런 기운이 돌까?'

매학 스님은 옷을 단정히 하고 집에 들어가 보았어요.

"응애, 응애, 응애!"

때마침 커다랗게 울며 아기가 태어났어요. 잘생긴 남자 아기였어요.

‘이 아기는 장차 큰스님이 될 것 같다. 그럼 나에게도 득이 될
테지.’

매학 스님은 아기의 어머니에게 말했어요.

“이 아기는 부처님과 인연이 깊어 큰스님이 될 터이니 잘 길러
주십시오. 몇 년 뒤에 다시 와서 아이를 데려가겠습니다.”

“네, 스님. 부처님과 인연이 깊은 아이라면 당연히 부처님 곁으
로 가야지요.”

매학 스님이 떠난 뒤, 어머니는 아기를 정성껏 키웠어요.

아이는 무럭무럭 자라났고, 갈수록 영리해지고 눈은 초롱초롱
빛났답니다. 그렇게 10여 년이 흐른 뒤, 매학 스님이 찾아왔어요.

“애야, 나와 함께 가자.”

매학 스님은 아이를 데리고 부산 금정산에 있는 범어사로 돌아
왔어요.

아이는 매학 스님의 제자가 되어 영원이라는 이름을 얻었어요.
매학 스님은 제자에게 쉴 새 없이 일을 시켰어요. 제자는 묵묵히
맡은 일을 해냈지요.

그러던 어느 날이었어요. 매학 스님은 산에 나무를 하러 갔던
제자가 빈 지게를 지고 터덜터덜 내려오자 눈을 부릅떴어요.

“이 고얀 놈! 산에 나무를 하러 가서는 빈둥빈둥 놀다 온 게냐?”

매학 스님이 버럭 소리를 지르자 제자는 조용히 말했어요.

“그렇지 않습니다. 이유가 있습니다.”

“이유? 어디 한번 들어 보자꾸나.”

“제가 나뭇가지를 낫으로 베었더니 그 잘린 자리에서 시뻘건 피가 철철 흘러나왔습니다. 도저히 무서워서 나무를 벨 수가 없었습니다.”

매학 스님은 더욱더 화가 나 큰 소리로 외쳤어요.

"이 녀석이 스승을 놀려? 어찌 나무에서 피가 난다는 말도 안 되는 소리를 지껄이는 게냐?"

"사실입니다, 스승님."

"시끄럽다. 그런 말도 안 되는 이야기로 나를 속이려거든 내 앞에서 당장 사라지거라!"

"스승님!"

결국 매학 스님은 제자인 영원 스님을 범어사에서 쫓아내 버렸어요. 쫓겨난 영원 스님은 멀리 북쪽으로 올라가 금강산에 이르러 자리를 잡고 마음을 닦기 시작했어요.

그렇게 3년이 흐르자, 영원 스님은 많은 깨달음을 얻었어요. 그 사이 범어사에 있던 매학 스님은 병을 얻어 죽고 말았지요.

그런데 그 뒤 범어사에 이상한 일이 벌어졌어요. 매학 스님이 시주 받은 재물을 모아 두었던 방 안에 커다란 구렁이가 한 마리 들어와 살기 시작한 거예요. 절의 스님들은 무서워서 벌벌 떨었어요.

스승이 죽고 구렁이가 나타났다는 소식을 들은 영원 스님은 얼른 짐을 꾸려 범어사로 돌아왔어요. 그리고 구렁이가 사는 방으로 달려가 구렁이에게 절을 했어요.

"나무아미타불. 매학 스님, 이게 웬일이십니까? 재물 욕심을 버리지 않으면 하늘에 오르지 못하니, 모든 욕심을 버리십시오. 원아진생 무념별 아미타불 독상수……나무아미타불 나무아미타불……."

영원 스님은 염불을 외며 천천히 방을 빠져나왔어요. 그러자 신기하게도 방 안에서 꿈쩍도 않던 구렁이가 천천히 밖으로 나오기 시작했지요. 영원 스님을 따라 시냇가까지 온 구렁이는 갑자기 냇가의 커다란 바위에 머리를 박기 시작했어요.

꽝, 꽝!

구렁이는 머리가 깨질 때까지 쉬지 않고 머리를 박았어요.

꽝, 꽝, 꽝!

결국 구렁이는 그 자리에서 숨을 거두었어요. 죽어서도 재물 욕심을 버리지 못하고 구렁이가 되었던 매학 스님이, 드디어 몸을 벗어 버리고 평화를 얻은 거예요. 이때 구렁이의 입에서 새 한 마리가 나와 영원 스님의 품에 안겼답니다.

다음 날, 영원 스님은 새를 안고 금강산으로 떠났어요. 가는 도중에 사슴이 짝짓기를 하는 모습을 본 새는 그곳으로 날아가려고 했어요. 영원 스님이 얼른 외쳤어요.

"거기가 아닙니다. 돌아오세요."

얼마 뒤 토끼가 짝짓기를 하는 모습을 본 새는 또 그곳으로 날아가려고 했어요.

"거기도 아닙니다. 돌아오세요."

새는 짝짓기를 하는 동물을 만날 때마다 그쪽으로 자꾸 날아가려고 했어요. 그럴 때마다 영원 스님은 새를 불러들였지요.

그렇게 몇 날 며칠이 흘렀어요. 영원 스님은 어느 젊은 부부가 사는 작은 초가집에 묵게 되었어요. 영원 스님은 젊은 부부에게 새를 맡기며 말했어요.

"몇 달 뒤에 아들을 낳으실 겁니다. 그 아이는 무척 귀한 아이이니 잘 길러 주십시오. 아이는 부처님과 인연이 깊을 터이니 10년 뒤에 제가 다시 와서 데려가겠습니다."

영원 스님은 젊은 부부의 집에서 하룻밤을 묵고는 홀로 떠나갔어요.

10년이 흘러 영원 스님은 다시 그 집을 찾아가 아이를 데리고 절로 돌아왔어요. 영원 스님은 아이에게 열심히 마음을 닦게 했어요.

아이가 훌륭한 스님으로 자라자, 영원 스님은 아이 앞에 무릎을 꿇고 눈물을 흘리며 외쳤어요.

"으흐흑, 스님! 저를 모르시겠습니까?"

"네? 무슨 말씀이십니까? 어서 일어나세요."

아이가 깜짝 놀라자 영원 스님이 말했어요.

"스님은 제 스승이셨던 매학 스님이 다시 태어나신 분입니다. 저는 스승님의 제자였습니다!"

그 뒤 다시 태어난 매학 스님은 영원 스님의 스승이 되어서, 열심히 마음을 닦으며 착한 일을 베풀어 큰스님이 되었답니다.

범어사가 있는 금정산에는 '금빛 물고기 한 마리가 오색구름을 타고 하늘에서 내려와 산꼭대기 바위 한가운데 있는 황금빛 샘에서 놀았다'는 이야기가 전해 와요. 그래서 이 샘은 '황금 샘'이라는 뜻의 '금샘'이라는 이름을 가지게 되었어요. 범어사라는 이름도 이 전설과 관련이 있어요. 범어사의 '범어'는 '하늘나라의 물고기'라는 뜻이랍니다.

어느 절에나 물고기가 있다는 것을 알고 있나요? 절에서 물고기를 만나는 것은 조금도 어렵지 않답니다. 범어사처럼 이름에 물고기 뜻이 담긴 절이 있는가 하면, 어떤 절에서는 기둥 머리에 물고기 모양을 깎아 올려놓은 곳도 있지요. 천장에 물고기 모양의 조각을 붙여 놓은 곳도 있고, 벽에 물고기 그림을 그려 놓은 곳도 있어요. 처마 끝에 매달려 바람 부는 대로 흔들리는 풍경에는 물고기 장식이 꼭 붙어 있어요.

이렇게 절에서 물고기를 자주 만날 수 있는 것은, 불교에서 물고기가 자유로움을 뜻하기 때문이에요. 물속을 자유로이 헤엄치는 물고기처럼, 사람도 고통과 고민에서 벗어나 자유를 누리기 바라는 마음에서 물고기 장식을 한답니다.

또한 물고기는 깨어 있을 때나 잘 때나 눈을 감지 않아요. 물고기 장식에는 '물고기처럼 언제나 바르게 눈을 뜨고서, 부지런히 마음을 닦고 경전을 읽어 깨달음을 얻도록 하라'라는 뜻이 담겨 있어요.

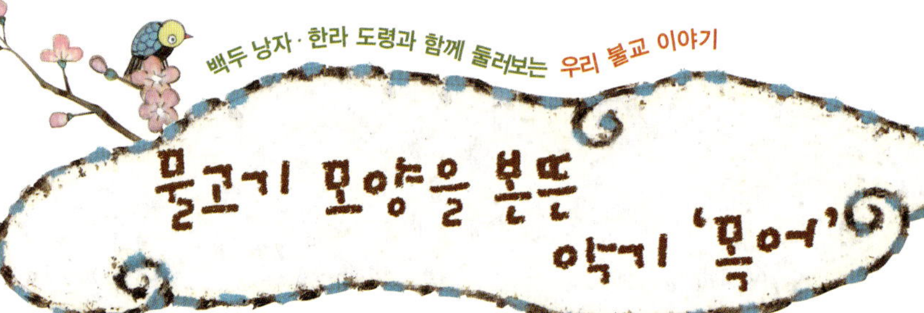

물고기 모양을 본뜬 악기 '목어'

우리나라의 어느 절에 가도 범종과 목어를 만날 수 있어요. 목어는 말 그대로 '나무 물고기'랍니다. 나무의 속을 파 잉어 모양으로 만들어 놓은 악기인데, 나무채로 두드려 소리를 내지요. 스님들이 두드리는 목탁은 목어가 변해서 만들어진 거예요.

목어는 중국에서 처음 생긴 것으로 재미있는 설화가 전해져요.

오랜 옛날, 어느 절에 큰스님이 있었어요. 스님에게는 여러 제자가 있었는데, 그 가운데 한 제자가 날마다 소란을 피웠어요. 여자를 만나고 술도 마시다가 결국에는 병이 들어 죽고 말았지요.

하루는 큰스님이 배를 타고 지나가는데 물고기 한 마리가 바다에서 나타났어요. 그 물고기의 등에는 커다란 나무가 자라고 있었어요. 물고기는 눈물을 뚝뚝 흘리며 말했어요.

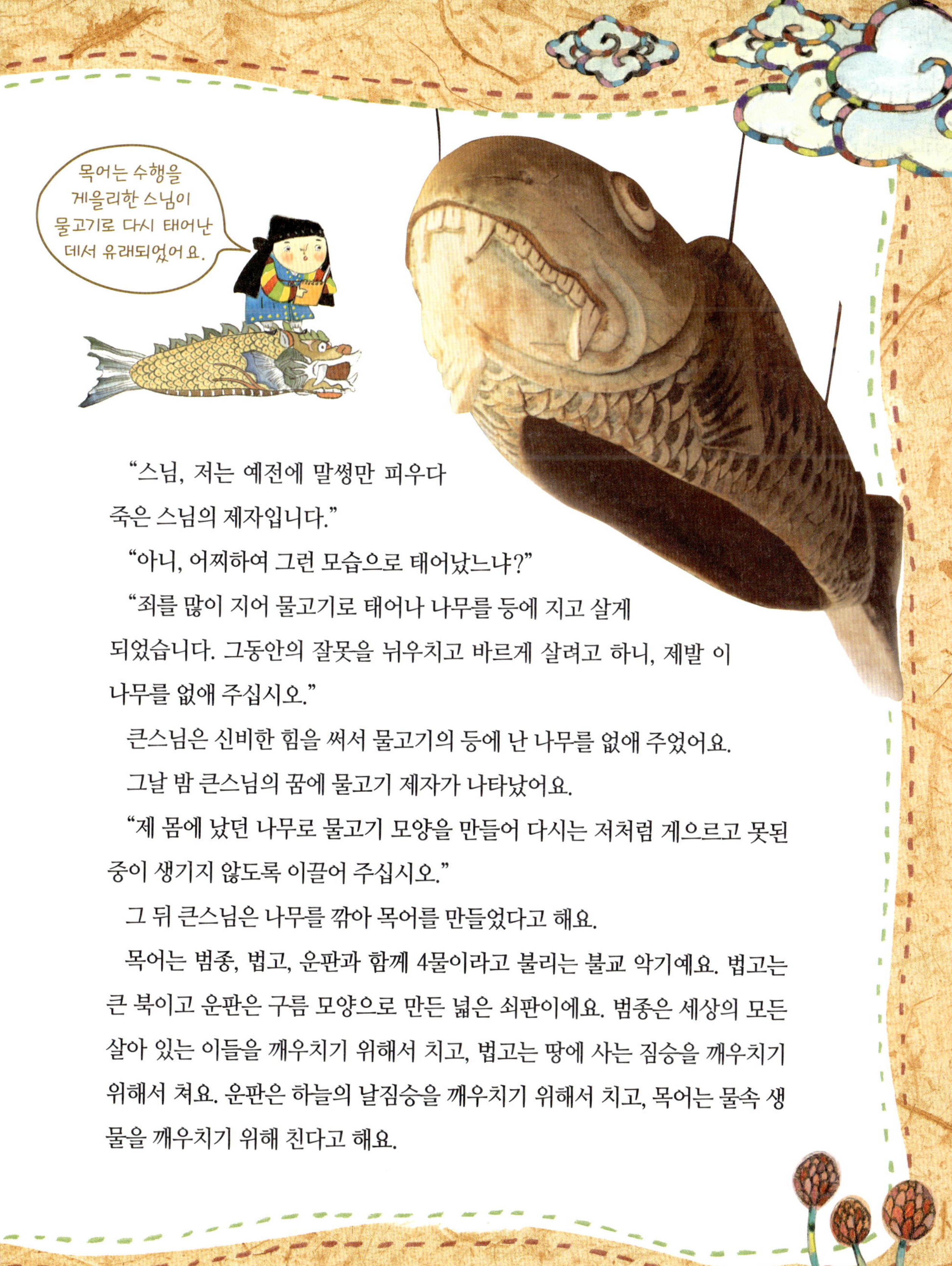

"스님, 저는 예전에 말썽만 피우다
죽은 스님의 제자입니다."

"아니, 어찌하여 그런 모습으로 태어났느냐?"

"죄를 많이 지어 물고기로 태어나 나무를 등에 지고 살게
되었습니다. 그동안의 잘못을 뉘우치고 바르게 살려고 하니, 제발 이
나무를 없애 주십시오."

큰스님은 신비한 힘을 써서 물고기의 등에 난 나무를 없애 주었어요.

그날 밤 큰스님의 꿈에 물고기 제자가 나타났어요.

"제 몸에 났던 나무로 물고기 모양을 만들어 다시는 저처럼 게으르고 못된
중이 생기지 않도록 이끌어 주십시오."

그 뒤 큰스님은 나무를 깎아 목어를 만들었다고 해요.

목어는 범종, 법고, 운판과 함께 4물이라고 불리는 불교 악기예요. 법고는
큰 북이고 운판은 구름 모양으로 만든 넓은 쇠판이에요. 범종은 세상의 모든
살아 있는 이들을 깨우치기 위해서 치고, 법고는 땅에 사는 짐승을 깨우치기
위해서 쳐요. 운판은 하늘의 날짐승을 깨우치기 위해서 치고, 목어는 물속 생
물을 깨우치기 위해 친다고 해요.

교과가 튼튼해지는

우리 것 우리 얘기

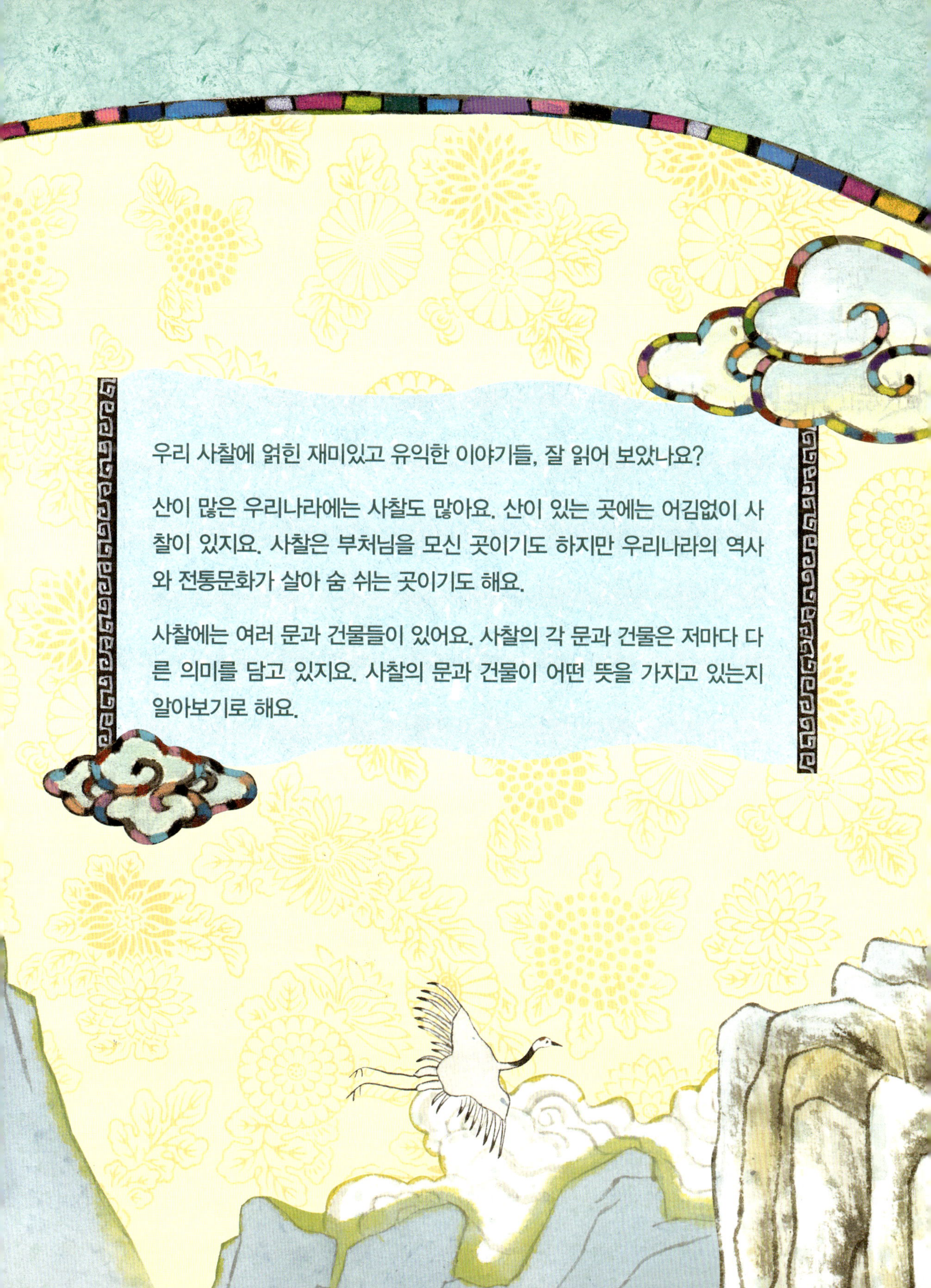

우리 사찰에 얽힌 재미있고 유익한 이야기들, 잘 읽어 보았나요?

산이 많은 우리나라에는 사찰도 많아요. 산이 있는 곳에는 어김없이 사찰이 있지요. 사찰은 부처님을 모신 곳이기도 하지만 우리나라의 역사와 전통문화가 살아 숨 쉬는 곳이기도 해요.

사찰에는 여러 문과 건물들이 있어요. 사찰의 각 문과 건물은 저마다 다른 의미를 담고 있지요. 사찰의 문과 건물이 어떤 뜻을 가지고 있는지 알아보기로 해요.

우리 사찰에는 어떤 문과 건물이 있을까요?

사찰의 문

부처님을 뵙기 위해 사찰에 가면 반드시 거쳐야 하는 문이 있어요. 문을 몇 개 지나야만 불법을 공부하는 법당에 갈 수 있지요. 우리나라의 큰 사찰에는 보통 문이 세 개 있어요. 처음 만나는 문인 일주문, 가운데 문인 천왕문, 마지막 문인 불이문이에요.

일주문

사찰로 들어가는 첫 번째 문이에요. 이름 그대로 기둥을 한 줄로 세운 문이지요. 보통 건축물은 기둥 네 개를 사방으로 세워 지붕을 얹지만, 일주문은 특이하게 기둥을 일직선으로 세우고 지붕을 얹어요. 한 줄로 된 기둥은 '흐트러진 마음을 하나로 모아 진리를 향해 간다'는 뜻을 담고 있어요. 그래서 사람들은 부처님이 계신 곳에 들어가기 전에 이곳에서 마음을 깨끗이 씻고, 자세를 경건하게 갖추어요. 주머니에 손을 넣거나 발을 질질 끌고 걸어서는 안 되지요.

수덕사 일주문

천왕문

사찰로 들어가는 두 번째 문으로 사천왕을 모시고 있어요. 안으로는 불법을 지키고 밖으로는 나쁜 기운을 막는 문이에요. 사천왕은 동서남북 네 곳을 지키는 신이에요. 눈을 부릅뜨고 화난 표정을 짓고 있고, 입도 금세 소리를 지를 것처럼 크게 벌리고 있지요. 게다가 손에는 커다란 칼을 들고 발로는 마귀를 밟고 있어서 처음 보면 무척 무섭게 느껴져요. 이렇게 무서운 모습을 하고 있는 이유는, 사찰을 보호하고 나쁜 귀신을 쫓아 부처를 믿는 사람들을 보호하기 위해서랍니다.

해인사 천왕문

건봉사 불이문

불이문

사찰로 들어가는 마지막 문이에요. '불이'란 '다르지 않은 것' 혹은 '두 개가 맞서지 않는 것'을 뜻해요. 즉, 나와 남이 둘이 아니고, 죽고 사는 것이 둘이 아니며, 선과 악 등 모든 상대적인 것이 둘이 아니라는 것이에요. 쉽게 말하면 진리는 둘이 아니라는 뜻이지요. 이 사실을 깨달으면 비로소 부처님의 가르침을 알게 된답니다.

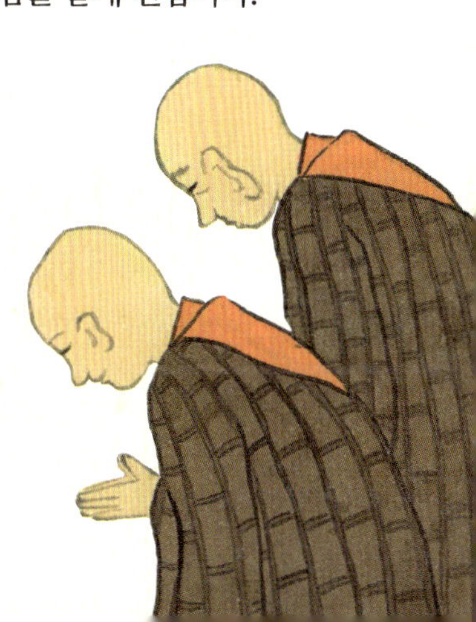

사찰의 건물

우리나라 사찰의 건물 가운데 가장 주된 건물을 법당이라고 해요. 법당은 안에 어떤 부처를 모셨느냐에 따라 이름이 달라요. 예를 들어 석가모니 부처를 모신 법당이면 대웅전, 관세음보살을 모신 법당이면 원통전이라고 불러요. 부처님과 보살을 모신 곳은 전, 그 밖의 곳은 각이라고 하지요.

대웅전

사찰의 가운데 있는 중심 건물이에요. 이곳에서는 석가모니 부처를 모신답니다. 아주 급한 일을 빼고는 사찰에 와서 가장 먼저 찾아야 하는 곳이지요. 위대한 영웅이라는 뜻의 '대웅'은 석가모니 부처를 높이는 말 가운데 하나예요.

무량사 대웅전

금산사 대적광전

대적광전

지혜의 빛으로 세상을 비추는 비로자나불을 모신 건물이에요. 진리의 빛이 가득한 곳이라는 뜻으로 대적광전이라고 한답니다. 화엄전이라고도 해요.

극락전

서방 극락세계에 사는 아미타불을 모신 건물로, 아미타불이 무한한 광명과 수명을 뜻하기 때문에 무량수전이라고도 해요. 아미타불은 사람들에게 자비를 베푸는 부처예요.

부석사 무량수전

산신각

산신을 모시는 건물로 우리나라에만 있어요. 산신은 우리나라의 토착신인데, 불교와 합쳐져 불교의 수호신이 되었답니다.

요사채

중암암 요사채

승방이라고도 해요. 사찰에서 스님들이 생활하는 곳이에요. 스님들이 마음을 닦는 선방, 음식을 하는 부엌, 음식을 먹는 식당 등이 모두 포함돼요.

불탑

사찰 안에 세운 탑이에요. 탑은 곧 부처를 뜻해요. 본래 석가모니의 사리를 모시기 위해 만들어 졌지요.

석등

부처가 깨달은 진리를 불로 밝혀 전하는, 돌로 된 등이에요. 사찰의 법당 앞에 세운답니다.

정림사지 오층석탑

영암사 쌍사자 석등

부도

스님의 사리를 모신 탑이에요. 보통 사찰 주변에 세운답니다. 부도를 모아 놓은 곳을 부도밭이라고 해요.

〈오십 빛깔 우리 것 우리 얘기〉 시리즈
권별 교과 연계표

국 국어　사 사회　과 과학　도 도덕　음 음악　미 미술
체 체육　실 실과　바 바른 생활　슬 슬기로운 생활　즐 즐거운 생활

- 신 나는 열두 달 명절 이야기 　사 3-2　사 5-1　사 5-2　슬 1-2
- 관혼상제, 재미있는 옛날 풍습 　국 1-2　국 4-1　사 3-2　사 5-2
- 조상들은 어떤 도구를 썼을까 　국 2-2　사 3-1　사 5-1　사 5-2
- 옛날엔 이런 직업이 있었대요 　국 5-1　국 6-2　사 3-1　사 4-2
- 꼭 가 보고 싶은 역사 유적지 　국 4-1　국 4-2　사 6-1　사 6-2
- 신토불이 우리 음식 　국 3-1　사 3-1　사 5-1　사 6-2
- 어깨동무 즐거운 우리 놀이 　국 4-1　사 5-2　체 4　즐 2-2
- 나라를 다스린 법, 백성을 위한 제도 　사 3-2　사 4-1　사 6-1　사 6-2
- 하늘을 감동시킨 효자 이야기 　도 3-1　도 5　바 1-1　바 2-2
- 오천 년 지혜 담긴 건물 이야기 　국 4-1　국 4-2　사 5-1　사 5-2
- 세계가 놀란 발명 이야기 　국 3-1　국 5-2　사 3-1　사 5-2
- 빛나는 보물 우리 사찰 　국 4-1　사 6-2　바 2-2
- 나라의 자랑 국보 이야기 　국 5-2　사 6-1　사 6-2　바 2-2
- 나라를 지킨 호랑이 장군들 　국 4-2　국 6-1　사 6-1　바 2-2
- 오천 년 우리 도읍지 　국 4-1　사 5-2　사 6-1
- 하늘이 내린 시조 임금님들 　국 6-2　사 5-2　사 6-1　바 2-2
- 옛날 관청과 공공시설 　사 3-1　사 3-2　사 6-1　사 6-2
- 옛사람들의 우정 이야기 　국 4-1　국 6-2　도 3-1　바 1-1
- 얼쑤, 흥겨운 가락 신 나는 춤 　국 6-1　국 6-2　사 3-1　음 3
- 아름다운 독도와 우리 섬 　국 2-1　국 4-1　국 5-2　사 4-1
- 본받아야 할 우리 예절 　국 3-2　도 4-1　바 2-1　바 2-2

오십 빛깔 우리 것 우리 얘기 12

빛나는 보물 우리 사찰

초판 1쇄 인쇄 | 2011년 1월 26일
초판 1쇄 발행 | 2011년 2월 8일

글쓴이 | 우리누리
그린이 | 황보순희

발행인 | 김상규
본부장 | 신수진
책임 편집 | 박경화
편집 | 최은정, 이정은
마케팅 | 최승철

편집 진행 | 김혜영
디자인 | 디자인꾼
인쇄 | 영신사

발행처 | 중앙북스
등록 | 2007년 2월 13일 제 2-4561호
주소 | (100-732) 서울시 중구 순화동 2-6번지
편집문의 | (02)319-1785
구입문의 | 1588-0950
팩스 | (02)2000-6174
홈페이지 | www.joongangbooks.co.kr

ⓒ 우리누리 2011

ISBN 978-89-278-0118-4 14800
      978-89-278-0092-7 14800(세트)